BIBLIOTECA ESCOLAR

Conhecimentos que sustentam a prática

Coleção Biblioteca Escolar

Compiladora
Bernadete Santos Campello

BIBLIOTECA ESCOLAR
Conhecimentos que sustentam a prática

autêntica

Copyright © 2012 Bernadete Campello
Copyright © 2012 Autêntica Editora

CAPA
Diogo Droschi

EDITORAÇÃO ELETRÔNICA
Christiane Morais de Oliveira

REVISÃO
Hugo Maciel de Carvalho

EDITORA RESPONSÁVEL
Rejane Dias

Revisado conforme o Acordo Ortográfico da Língua Portuguesa de 1990, em vigor no Brasil desde janeiro de 2009.

Todos os direitos reservados pela Autêntica Editora. Nenhuma parte desta publicação poderá ser reproduzida, seja por meios mecânicos, eletrônicos, seja via cópia xerográfica, sem a autorização prévia da Editora.

AUTÊNTICA EDITORA LTDA.

Belo Horizonte
Rua Aimorés, 981, 8° andar . Funcionários
30140-071 . Belo Horizonte . MG
Tel.: (55 31) 3222 6819

Televendas: 0800 283 1322
www.autenticaeditora.com.br

São Paulo
Av. Paulista, 2073 . Conjunto Nacional
Horsa I . 11° andar . Conj. 1101
Cerqueira César . 01311-940 . São Paulo . S
Tel.: (55 11) 3034 4468

Dados Internacionais de Catalogação na Publicação (CIP)
(Câmara Brasileira do Livro, SP, Brasil)

Biblioteca escolar : conhecimentos que sustentam a prática / Bernadete Campello (compiladora). – Belo Horizonte: Autêntica Editora, 2012. – (Biblioteca Escolar, 3).

Bibliografia
ISBN 978-85-7526-593-2

1. Biblioteca escolar 2. Educadores - Formação 3. Leitores 4. Leitura 5. Mediação 6. Sala de aula - Direção I. Campello, Bernadete.

11-14360   CDD-370.7

Índices para catálogo sistemático:
1. Biblioteca escolar e práticas educativas :
Formação do leitor : Educação 370.7

Sumário

Introdução - Prática baseada em evidência: sustentando a ação da biblioteca escolar por meio da pesquisa.. 07

Capítulo 1 - Como a biblioteca ajuda na aprendizagem dos estudantes: o estudo de Ohio...... 19

Capítulo 2 - Como o estudante constrói significados da biblioteca escolar................................... 35

Capítulo 3 - Como o diretor da escola percebe a biblioteca escolar e o bibliotecário............................ 57

Capítulo 4 - Elementos que favorecem a colaboração entre bibliotecários e professores............ 73

Capítulo 5 - O trabalho colaborativo entre bibliotecários e professores no desenvolvimento de habilidades informacionais...................................... 91

Capítulo 6 - Aprendendo habilidades informacionais desde a educação infantil................... 119

Conclusão - Tendências da pesquisa sobre biblioteca escolar.. 139

INTRODUÇÃO
Prática baseada em evidência: sustentando a ação da biblioteca escolar por meio da pesquisa

Como coordenadora do Grupo de Estudos em Biblioteca Escolar da Escola de Ciência da Informação da Universidade Federal de Minas Gerais e interessada em compreender a função educativa do bibliotecário e da biblioteca, tenho acompanhado com interesse as pesquisas que vêm sendo realizadas recentemente sobre esse tema em vários países. Tais pesquisas revelam uma ampliação significativa do papel da biblioteca escolar: do paradigma da leitura para o paradigma da aprendizagem. Isto significa que algumas bibliotecas escolares têm mostrado que podem ser mais do que um espaço de promoção da leitura; elas revelam potencial para ser um espaço de aprendizagem. Muitas das atuais pesquisas sobre bibliotecas escolares enfatizam esse potencial, e seus resultados apresentam evidências de que boas bibliotecas escolares, adequadamente exploradas, ajudam os estudantes a aprender com os livros e com as informações, além de possibilitar o desenvolvimento de inúmeras outras capacidades importantes para o desenvolvimento cognitivo. Boas bibliotecas propiciam uma aprendizagem peculiar, diferente daquela em que o aluno é um recipiente passivo de informações passadas pelo professor.

É uma aprendizagem em que o estudante constrói seu conhecimento, explorando um vasto repertório de experiências já vividas e registradas por outros, extraindo delas significados e agregando suas próprias experiências.

Para incorporar à sua prática essa dimensão da biblioteca escolar, o bibliotecário que atua em escola pode buscar apoio em resultados de pesquisas. Refletindo sobre esses resultados à luz de sua experiência, ele terá melhores condições de construir uma *prática baseada em evidência*, isto é, uma ação apoiada em dados e fatos comprovados por investigações científicas e não apenas em opinião e intuição.

A *prática baseada em evidência* teve origem na Medicina, no início da década de 1990, no Reino Unido, a partir da constatação de que os resultados gerados pelas pesquisas médicas não estavam sendo utilizados efetivamente pelos profissionais de saúde. A noção de *prática baseada em evidência* foi usada então para mostrar as vantagens de se tomar decisões clínicas, e de se implementar ações efetivas para a melhoria da saúde da população, com base nos resultados dos inúmeros estudos que vinham sendo conduzidos na área. A *prática baseada em evidência* parte, portanto, do princípio de que resultados de pesquisas realizadas de forma criteriosa fornecem indícios para auxiliar na tomada de decisão. Somadas à experiência do profissional, essas evidências constituem uma base sólida para se decidir sobre a intervenção mais indicada em determinada situação.

O conceito passou a ser utilizado, em seguida, também em áreas das ciências sociais, como, por exemplo, na Educação, onde tem havido grande investimento em pesquisas. O princípio é o mesmo: as evidências proporcionadas pelas pesquisas podem ajudar os educadores a tomar melhores decisões no âmbito da prática pedagógica e das políticas educacionais. Nessa área, a *prática baseada em evidência* enfatiza o uso de medidas objetivas para comparar, avaliar e monitorar a aprendizagem e para identificar relações causais. Um exemplo deste uso seria quando professores optam por utilizar métodos de ensino cuja eficácia tenha sido comprovada por estudos científicos. Os autores que advogam a prática informada por evidências na Educação também reconhecem que é importante utilizar as melhores evidências de pesquisas mais a experiência profissional, ou seja, é necessário levar também em consideração a percepção que os professores têm do que funciona realmente na prática pedagógica.

Philippa Hodkinson, do Center for the Use of Research and Evidence in Education, do Reino Unido, uma das autoras da coletânea *Educação baseada em evidências: a utilização dos achados científicos para a qualificação da prática pedagógica*, organizada por Gary Thomas e Richard Pring,[1] levanta uma questão interessante: no contexto da Educação, "a prática baseada em evidência tem potencial para dar sustentação ao ensino e à aprendizagem justamente porque requer que os professores se tornem novamente aprendizes". Isso significa que, como os médicos, eles têm que estar continuamente aprendendo, tomando conhecimento de novos achados, de novas pesquisas, para atualizar suas práticas.

Os bibliotecários também têm, atualmente, condições de estabelecer e aperfeiçoar práticas com base em evidências, tendo em vista as pesquisas que vêm sendo realizadas cada vez em maior quantidade e qualidade na Biblioteconomia e na Ciência da Informação. Os resultados dessas pesquisas podem ajudá-los a desenvolver projetos sustentados por dados confiáveis e não por

---

[1] Veja uma resenha crítica do livro em: FISCHER, 2007.

conjecturas e suposições. No que diz respeito especificamente à biblioteca escolar, a prática baseada em evidência dá ênfase à utilização de resultados de estudos que identificam quais fatores, no âmbito da biblioteca escolar, podem fazer diferença na aprendizagem. Estudando e refletindo sobre esses resultados, os bibliotecários poderão realizar ações mais efetivas na orientação dos estudantes e na implementação e aperfeiçoamento de projetos de letramento informacional.

Um dos maiores incentivadores da prática baseada em evidência, no que se relaciona com a biblioteca escolar, é Ross Todd, diretor do Center for International Scholarship in School Libraries (CISSL), nos Estados Unidos. Mencionando especificamente a quantidade de pesquisas hoje existentes sobre uso de informações por adolescentes (que é um tema que ele próprio pesquisa), o professor Todd enfatiza que é importante que os bibliotecários leiam e se mantenham atualizados em relação a essas – e a outras – pesquisas, e as integrem em sua prática pedagógica. Ele também chama atenção para o fato de que os bibliotecários estão geralmente muito ocupados, reclamam que não têm tempo de ler e dizem que artigos de pesquisa estão fora da realidade. Entretanto, Ross Todd argumenta que, se quisermos que a Biblioteconomia seja uma profissão de alto nível, bem embasada, não podemos ignorar os avanços da área, que irão modelar nossas práticas. Segundo ele, uma profissão cujos praticantes não acompanham os novos conhecimentos, não refletem sobre sua prática e não se preocupam em implementar as melhores práticas, ficará limitada a convencer as pessoas sobre sua importância com base em discursos vazios e pouco convincentes.

Em 2008, Ross Todd criou o manifesto da biblioteca escolar sobre a prática baseada em evidência, que diz muito objetivamente: "Se os bibliotecários não puderem provar que fazem diferença na escola, então não precisam existir". Com isso, ele apresentou uma nova abordagem da questão, que é a utilização de evidências de pesquisas para provar a importância da biblioteca na escola, isto é, seu potencial para ajudar o aluno a aprender. O fato é que, mesmo em países adiantados, não há compreensão clara do valor da biblioteca escolar. Nesses países, as bibliotecas, embora estejam presentes nas escolas, têm sido ameaçadas com cortes de orçamento e com a perda de espaço do bibliotecário. Assim, há uma tendência – observada principalmente nos Estados Unidos – de provar com mais objetividade o valor da biblioteca escolar, substituindo o discurso sedutor pela apresentação de evidências de que ela influi efetivamente na aprendizagem dos estudantes. Esta vertente da prática baseada em evidência – de propiciar sustentação mais sólida para reivindicações sobre a biblioteca escolar – parece especialmente importante para o Brasil, onde o papel da biblioteca na educação é pouco entendido, e onde há necessidade urgente de criar e revitalizar bibliotecas escolares.

Ross Todd chama atenção para o fato de que as evidências podem ser originadas de diversas fontes, isto é, não se encontram apenas em estudos acadêmicos, mas também em relatos de bibliotecários que, no seu dia a dia, se preocupam em avaliar suas práticas. Para ser útil, essa avaliação precisa medir os resultados da aprendizagem dos alunos no que tange à ação da biblioteca e não somente verificar os resultados dos serviços que a biblioteca oferece, ou seja, não é suficiente saber, por exemplo, "que o número de empréstimos aumentou", ou que "os alunos gostaram" de determinada atividade feita na biblioteca. A evidência de que a biblioteca é importante na escola é dada pela comprovação de sua influência nos resultados da aprendizagem. Para isso, é preciso avaliar que conhecimentos, habilidades e/ou atitudes os estudantes aprenderam com a biblioteca e com as fontes de informação.

Portanto, se os bibliotecários brasileiros desejam mostrar o valor da biblioteca escolar, devem buscar mecanismos para avaliar sistematicamente o impacto dos projetos da biblioteca na aprendizagem dos estudantes. E, mais do que isso, precisam relatar e compartilhar esses resultados em fóruns e eventos da área e de áreas afins. Assim, reunindo coletivamente evidências sobre o papel educativo da biblioteca poderão fazer reivindicações mais embasadas e coerentes.

A prática baseada em evidência envolve basicamente duas ações: os profissionais precisam produzir e compartilhar evidências a partir de sua própria prática e tomar conhecimento de estudos acadêmicos relevantes e metodologicamente adequados.

Este livro pretende dar uma pequena contribuição para aproximar os bibliotecários da prática baseada em evidência, no que diz respeito aos estudos acadêmicos. Os seis capítulos que o compõem descrevem estudos sobre a biblioteca escolar realizados por pesquisadores de universidades de quatro países: Estados Unidos, Suécia, Austrália e Canadá. São estudos que utilizam metodologias variadas e que tratam de diferentes aspectos da biblioteca e da aprendizagem que ali ocorre. Foram publicados no período de 2002 a 2010, no periódico *School Libraries Worldwide*,[2] publicação semestral mantida pela

---

[2] A revista está disponível *on-line* para assinantes. Pode ser acessada também através do Portal Capes. Entretanto, muitos dos artigos são disponibilizados em texto completo para acesso por qualquer pessoa. O site da revista está em: <http://www.iasl-online.org/pubs/slw/>.

International Association of School Librarianship (IASL),[3] que divulga resultados de pesquisas realizadas em vários países sobre biblioteca escolar e temas relacionados. A revista conta com uma comissão editorial internacional, formada por especialistas renomados, que avaliam os artigos a serem publicados, constituindo, portanto, uma fonte de informação confiável sobre as pesquisas na área de biblioteca escolar.

O primeiro capítulo desta coletânea descreve um estudo de autoria de Ross Todd e Carol Kuhlthau, o *estudo de Ohio*, típico do contexto atual das bibliotecas escolares nos Estados Unidos. Desde o final da década de 1990, vários estados daquele país vêm realizando pesquisas para provar o valor dessas instituições. O Colorado foi o precursor[4] e, a partir de então, outros estados acompanharam essa tendência. No estudo de Ohio, os pesquisadores utilizaram uma técnica mista de pesquisa: quantitativa e qualitativa. Por meio de um questionário de múltipla escolha, que continha também uma questão aberta, indagaram dos estudantes como a biblioteca os ajudava. As respostas dadas por 13.123 alunos permitiram que os pesquisadores traçassem um panorama do papel educativo da biblioteca escolar naquele estado, que revelou em detalhes o potencial que uma boa biblioteca escolar tem para ajudar os estudantes a aprender.

O estudo de Ohio mostrou o que uma boa biblioteca pode ser como espaço de aprendizagem. O estudo que se segue, descrito no capítulo 2, realizado por Louise

---

[3] A IASL é uma associação que reúne bibliotecários e pesquisadores de diversos países do mundo interessados no tema da biblioteca escolar. Os encontros que a IASL promove anualmente em diferentes países propiciam oportunidade para se conhecer e debater as práticas e pesquisas mais recentes sobre o tema. O site da Associação está em: <http://www.iasl-online.org/index.htm/>.

[4] Veja um resumo do estudo do Colorado em: LANCE, 1994.

Limberg e Mikael Alexandersson, da Suécia, revela alguns obstáculos que podem se interpor no caminho dos bibliotecários no seu esforço de transformar a biblioteca em espaço de aprendizagem. Os pesquisadores queriam descobrir de que maneira tanto o espaço como os padrões dominantes de uso da biblioteca escolar criavam normas para a aprendizagem que ali ocorria. Eles procuraram entender que significados eram construídos quando os estudantes utilizavam a biblioteca durante situações específicas de aprendizagem e concluíram que ainda era necessário criar, nas bibliotecas estudadas, condições para que seu significado como espaço de aprendizagem fosse claro para os estudantes.

No capítulo 3, partindo do princípio de que o apoio do diretor da escola é fundamental para a implantação e manutenção dos projetos da biblioteca, e do fato de que, infelizmente, é muito difícil para ele entender a contribuição do bibliotecário para melhorar a qualidade do trabalho pedagógico, Gary Hartzell, dos Estados Unidos, buscou compreender de que maneira o diretor percebe o bibliotecário e sua função na escola. O estudo de Hartzell consiste em uma revisão de literatura que esclarece sobre questões que o bibliotecário tem de levar em consideração quando interage com o diretor da escola.

No capítulo 4, três pesquisadoras da Austrália (Kirsty Williamson, Alyson Archibald e Joy McGregor) exploraram uma questão fundamental para a ação educativa dos bibliotecários: a necessidade de colaboração com os professores. Nesse estudo, as pesquisadoras estavam interessadas em verificar de que maneira professores e bibliotecários trabalhavam juntos durante projetos de pesquisa escolar desenvolvidos pelos estudantes. Mais do que isto, queriam entender especificamente que elementos ou fatores relacionados à colaboração entre esses mediadores haviam contribuído para o êxito dos projetos.

O estudo seguinte, relatado no capítulo 5, também descreve situações de trabalho conjunto entre bibliotecários e professores. Nesse caso, Violet Harada, dos Estados Unidos, realizou quatro estudos com o objetivo de entender de que maneira, trabalhando juntos, bibliotecários e professores orientavam os estudantes no processo de buscar e usar informações e como, ao mesmo tempo, aperfeiçoavam suas estratégias didáticas. Tanto ela quanto as pesquisadoras australianas utilizaram a metodologia de pesquisa participativa, ou pesquisa-ação, em que pesquisadores acadêmicos trabalham juntos com os praticantes (no caso, professores e bibliotecários) e, ao mesmo tempo em que contribuem para o avanço do conhecimento científico, refletem e aperfeiçoam suas práticas pedagógicas. Focalizando práticas de bibliotecários e professores, quando trabalham juntos em projetos de pesquisa escolar, os estudos relatados nos capítulos 4 e 5 revelam o que os mediadores podem fazer para que crianças e jovens aprendam utilizando informações.

Na pesquisa descrita no capítulo 6, Margot Filipenko, do Canadá, usou a técnica de observação de situações de aprendizagem no ambiente da escola e concluiu que é possível desenvolver o letramento informacional das crianças já na fase de alfabetização, desde que haja mediação competente e utilização de bons textos informativos. Embora não focalizando especificamente a biblioteca, esse estudo tem implicações importantes para os bibliotecários, pois revela em detalhes como a pesquisa escolar pode ser orientada e como as fontes de informação podem ser utilizadas desde o início da escolarização.

Esse trabalho é um exemplo de como a aproximação da Biblioteconomia com a área da Educação é fundamental para que os bibliotecários entendam melhor o processo de aprendizagem pela busca e uso de informações.

Tomados em conjunto, os seis estudos apresentam um panorama da pesquisa sobre biblioteca escolar, revelando a preocupação dos estudiosos com a função educativa dessa instituição e, embora realizados em países avançados, abordam problemas muito similares aos que enfrentamos no Brasil. Apresentando esses estudos de forma mais acessível para os bibliotecários brasileiros, pretendemos dar o primeiro passo para aproximá-los dos conhecimentos que estão sendo produzidos sobre o tema. Acreditamos que, refletindo e discutindo sobre os resultados dessas pesquisas, os bibliotecários poderão encontrar ideias para implementar e aperfeiçoar suas práticas educativas com base em evidências e, quem sabe, inspirar-se para investigar a realidade da biblioteca escolar no Brasil.

É necessário mudar o nosso discurso da *miséria* da biblioteca escolar para o do *potencial* da biblioteca escolar; expandir a ideia da biblioteca apenas como promotora da leitura para promotora da aprendizagem. Mostrar que, se para aprender a lidar com computadores e com o mundo digital os alunos precisam dispor de laboratórios de informática, para *aprender a pensar* também precisam de laboratório, e esse laboratório é a biblioteca. Nessa perspectiva, a biblioteca escolar é o laboratório que propicia conexão de ideias e construção de conhecimentos. É o local onde os estudantes, com o apoio de mediadores competentes, se familiarizam com o aparato informacional e se preparam para serem aprendizes autônomos, aqueles que sabem aprender com independência e, mais que isso, que gostam de aprender.

Assim, utilizando evidências concretas e não um discurso vago e idealista, os bibliotecários e os professores terão melhores condições de mostrar que a biblioteca pode fazer a diferença.

Referências

ANDRADE, M. E. A. A biblioteca faz a diferença. In: CAMPELLO, B. S. *A biblioteca escolar: temas para uma prática pedagógica*. Belo Horizonte: Autêntica, 2005.

CRUZ, D. A. L. M.; PIMENTA, C. A. M. Prática baseada em evidências aplicada ao raciocínio diagnóstico. *Revista Latino-Americana de Enfermagem*, v. 13, n. 3, p. 415-422, 2005. Disponível em: <http://www.scielo.br/pdf/rlae/v13n3/v13n3a17.pdf>. Acesso em: 23 ago. 2011.

FILIPPIN, L. I.; WAGNER, M. B. Fisioterapia baseada em evidência: uma nova perspectiva. *Revista Brasileira de Fisioterapia*, São Carlos, v. 12, n. 5, p. 432-433, 2008. Disponível em: <http://www.scielo.br/pdf/rbfis/v12n5/a14v12n5.pdf>. Acesso em: 23 ago. 2011.

FISCHER, M. C. B. O que informam as práticas e as políticas educacionais? *Educação & Realidade*, v. 32, n. 2, p. 117-124, jul./dez. 2007. Disponível em: <http://www.seer.ufrgs.br/index.php/educacaoerealidade/article/viewFile/6654/3971>. Acesso em: 24 ago. 2011.

HODKINSON, P. Professores usando evidências: o que sabemos sobre ensino e aprendizagem para reconceituar a prática baseada em evidência. In: THOMAS, G.; PRING, R. *Educação baseada em evidências: a utilização dos achados científicos para a qualificação da prática pedagógica*. Porto Alegre: Artmed, 2007.

LANCE, K. C. *The* Impact of School Library Media Centers on Academic Achievement. Castle Rock, CO: Hi Willow Research and Publishing, 1994. Disponível em: <http://www.ericdigests.org/1995-1/library.htm/>. Acesso em: 24 ago. 2011.

TODD, R. Adolescents of the Information Age: Patterns of Information Seeking and Use, and Implications for Information

Professionals. *School Libraries Worldwide,* v. 9, n. 2, p. 27-46, 2003. Disponível em: <http://www.iasl-online.org/pubs/slw/july03-todd.htm>. Acesso em: 23 ago. 2011.

TODD, R. A Question of Evidence. *Knowledge Quest,* v. 37, n. 2, p. 16-21, 2008.

TODD, R. School libraries and evidence-based practice: an integrated approach to evidence. *School Libraries Worldwide,* v. 12, n. 2, p. 31-37, 2006.

TODD, R. The evidence-based manifesto for school librarians. *School Library Journal, 04 Jan. 2008. Disponível em: <http://www.schoollibraryjournal.com/article/CA6545434.html>* Acesso em: 23 ago. 2011.

Capítulo 1
Como a biblioteca ajuda na aprendizagem dos estudantes: o estudo de Ohio

Esta pesquisa, conduzida por Ross Todd e Carol Kuhlthau,[5] conhecida como "o estudo de Ohio", foi encomendada por uma entidade chamada Leadership 4 School Libraries, formada por quatro organizações cujo objetivo era melhorar a qualidade das bibliotecas escolares do estado de Ohio, nos Estados Unidos. Esse estudo vinha sendo demandado por lideranças bibliotecárias desde 1998, tendo em vista que a exigência legal que até então ali vigorava (de que toda biblioteca escolar tivesse um bibliotecário formado) estava sendo contestada, abrindo-se a possibilidade de que essas bibliotecas passassem a funcionar sem o bibliotecário. Era

---

[5] TODD, R.; J.; KUHLTHAU, C. C. Student Learning through Ohio School Libraries, part 1: How Effective School Libraries Help Students. *School Libraries Worldwide*, v. 11, n. 1, p. 63-88, 2005. **Ross Todd** é professor na School of Communication, Information and Library Studies da Rutgers State University of New Jersey e diretor do Center for International Scholarship in School Libraries (CISSL). **Carol Kuhlthau** é atualmente professora emérita da mesma escola e foi a fundadora e primeira diretora do CISSL.

então necessário provar o valor da biblioteca, mostrando concretamente como o bibliotecário e a biblioteca influenciavam na aprendizagem.

Outros estados, como Colorado, Texas, Novo México, Alasca e Pensilvânia, já vinham realizando pesquisas com essa finalidade,[6] mostrando correlação positiva entre boas bibliotecas escolares e os resultados obtidos em testes nacionais por alunos que as utilizavam. Os bibliotecários de Ohio consideravam que uma pesquisa desse tipo no estado seria especialmente necessária porque as escolas dali começavam, naquele momento, a trabalhar com parâmetros de desempenho, sendo esta uma boa oportunidade de inserir nos currículos o ensino de habilidades informacionais, possibilitando que as bibliotecas tivessem maior influência na aprendizagem, já que desempenhariam papel central nessa inserção. Estes foram os fatos que justificaram a realização do estudo que é descrito a seguir.

A pesquisa

O estudo foi encomendado ao Center for International Scholarship in School Libraries (CISSL), ligado à School of Communication, Information and Library Studies, da Rutgers State University of New Jersey (EUA), que tem como principal finalidade realizar estudos sobre a influência da biblioteca escolar, enfatizando seu papel transformador e sua contribuição na aprendizagem.

A pesquisa teve dois objetivos: 1) levantar evidências empíricas detalhadas de como a biblioteca escolar ajuda

---

[6] Uma síntese dessas pesquisas pode ser consultada em: LONSDALE, M. *Impact of School Libraries on Student Achievement*: a Review of the Research. Camberwell: Australian Council for Educational Research/ Australian School Library Association, 2003. Disponível em: <http://www.asla.org.au/research/Australia-review.htm/>. Acesso em: 24 ago. 2011.

na aprendizagem dos estudantes e 2) oferecer subsídios para o desenvolvimento de políticas educacionais, além de instrumentos para bibliotecários verificarem como suas bibliotecas contribuem na aprendizagem. Os pesquisadores levantaram a seguinte questão de pesquisa: como as bibliotecas escolares ajudavam os estudantes em seu processo de aprendizagem na escola e fora dela? O conceito central que embasou a pesquisa foi o de "ajuda", considerada em duas perspectivas:

- "ajuda" entendida como o apoio da biblioteca aos alunos nas suas ações de buscar e usar informações;
- "ajuda" entendida como o efeito das atividades e serviços da biblioteca nos usuários.

O estudo foi realizado entre outubro de 2002 e dezembro de 2003, com estudantes de 39 escolas do estado, selecionadas por possuírem as melhores bibliotecas. A coleta de dados foi feita por meio de um questionário eletrônico que foi respondido voluntariamente por 13.123 alunos, de 7 a 20 anos.

O questionário eletrônico era composto por sete blocos de afirmativas, cada um focalizando determinado aspecto ou função da biblioteca, como pode ser visto abaixo:

- Bloco 1: como a biblioteca ajuda o aluno a encontrar informações de que precisa?
- Bloco 2: como a biblioteca ajuda o aluno a usar informações para seus trabalhos escolares?
- Bloco 3: como a biblioteca ajuda nos trabalhos escolares em geral?
- Bloco 4: como a biblioteca ajuda o aluno a usar computadores?
- Bloco 5: como a biblioteca ajuda o aluno em suas leituras?

- Bloco 6: como a biblioteca ajuda o aluno fora da escola?
- Bloco 7: como a biblioteca ajuda o aluno a obter bons resultados nas atividades escolares?

Cada bloco continha de dez a cinco afirmativas (num total de 48) que expunham situações em que a biblioteca poderia ajudar o estudante, para serem marcadas com uma das seguintes opções: "ajuda muito", "ajuda bastante", "ajuda razoavelmente", "ajuda pouco" ou "não se aplica". Além dessas questões fechadas, houve uma questão aberta, utilizando a técnica de incidente crítico, assim formulada: "Procure lembrar-se de uma ocasião em que a biblioteca te ajudou. Descreva que tipo de ajuda você recebeu e o que você realizou a partir desta ajuda". Houve 10.315 respostas a essa questão.

Os resultados

No resultado total, o Bloco 1 (como a biblioteca ajuda o aluno a encontrar informações que precisa?) foi o mais marcado, ficando em primeiro lugar, com média de 2.535 pontos. Nele havia afirmativas tais como "a biblioteca escolar me ajuda a aprender os vários passos para encontrar e usar informações", "a biblioteca escolar me ajuda a encontrar diferentes fontes de informação", "a biblioteca escolar me ajuda a saber quando uma informação é confiável". A primeira foi a mais marcada de todas as 48 afirmativas do questionário, mostrando que, para 96,7% dos alunos, a biblioteca ajudava a seguir as etapas da pesquisa escolar. As outras duas afirmativas acima também tiveram alto percentual de respostas (95,9% e 95,1% respectivamente) indicando que a maior ajuda da biblioteca era fornecer acesso (tanto físico quanto intelectual) aos recursos informacionais que os estudantes precisavam para fazer seus trabalhos. Outras afirmativas marcadas neste bloco mostraram que os alunos reconheciam a diversidade de recursos da biblioteca, que ela os ajudava a ter acesso a uma variedade de pontos de vista, a entender diferentes perspectivas e a lidar com informações conflitantes, tornando-os capazes de construir as próprias opiniões. Este bloco explorou também aspectos afetivos relacionados à busca de informação, ou seja, procurou entender se a biblioteca ajudava os alunos a lidar com sentimentos de ansiedade – comuns em certas fases do processo de pesquisa – e a pedir ajuda quando tinham dúvidas. Os resultados mostraram que as intervenções do bibliotecário ajudaram os alunos a lidar melhor com a ansiedade e com o stress, sentimentos comuns durante o processo de pesquisa escolar, revelando que eles valorizavam esse apoio que lhes proporcionava encorajamento, autoconfiança e senso de direção.

O Bloco 4 (como a biblioteca ajuda o aluno a usar computadores?) ficou em segundo lugar no resultado geral, com média de 2.529 pontos, mostrando a importância dos computadores na biblioteca. Afirmativas como, por exemplo, "os computadores da biblioteca me ajudam a fazer melhor os trabalhos escolares" e "os computadores me ajudam a encontrar informações dentro e fora da biblioteca da escola" foram muito marcadas, mostrando que os alunos tinham percepção clara da correlação entre sua capacidade de acessar informação eletrônica e a qualidade das tarefas e dos projetos que realizavam. Mostrou-se também, que a intervenção do bibliotecário, ensinando-os a utilizar e a avaliar as informações da internet, ajudava-os a obter boas notas. Segundo eles, ajudava-os também a terem capacidade de acessar a rede e, assim, continuarem seus trabalhos em casa ou na biblioteca pública. Os dados mostraram que instruções sistemáticas fornecidas pela biblioteca ajudaram os alunos a pesquisar melhor na Internet, aperfeiçoando estratégias de busca e economizando tempo. A disponibilidade de softwares na biblioteca ajudou os alunos em seus trabalhos escolares, mas a orientação para usar os softwares foi o fator mais importante, conforme demonstraram os comentários dos estudantes, ao correlacionarem a orientação com as notas que obtiveram. Eles disseram que, em consequência da assistência dada pelo bibliotecário, se sentiram mais confiantes e menos estressados ao usarem computadores.

O Bloco 2 (como a biblioteca ajuda o aluno a usar informações para seus trabalhos escolares?) ficou em terceiro lugar no resultado geral, com média de 2.251 pontos, mostrando que, mais do que propiciar acesso às informações a biblioteca era também um espaço de aprendizagem. Este bloco continha afirmativas como, por exemplo: "a biblioteca me ajuda a saber usar diferentes fontes de informação", "a biblioteca me ajuda a entender as informações que encontro", "a biblioteca me ajuda a escrever com minhas próprias palavras". Diferentemente do Bloco 1, que enfatizou habilidades de localização de informações, o Bloco 2 enfatizou habilidades de interpretação, aproximando-se mais de dimensões cognitivas. Os dados revelaram que a biblioteca ajudava os alunos a usar as várias fontes de informação e a conhecer o objetivo dessas fontes no processo de pesquisa. Os estudantes valorizaram as instruções que recebiam na biblioteca para aprender a identificar as ideias principais do texto, a tomar notas, a avaliar e escolher informações para incluírem nos seus trabalhos, a organizar ideias e a expressá-las com suas próprias palavras. Os comentários da questão aberta indicaram que os estudantes percebiam que essas habilidades podiam ser transferidas para outras situações, ajudando-os a se tornarem aprendizes independentes, capazes de lidar melhor com informações. A biblioteca ajudou os estudantes a compreender que pesquisar é uma tarefa trabalhosa e a valorizar o resultado desse trabalho árduo. Muitos disseram que isso os ajudou a terem êxito nas suas apresentações, a obterem boas notas em seus projetos e a se sentirem satisfeitos com o produto final de seu trabalho.

O Bloco 3 (como a biblioteca ajuda nos trabalhos escolares em geral?) ficou em quarto lugar, com média de 2.070 pontos. O objetivo era descobrir se a biblioteca ajudava os estudantes a iniciar suas tarefas e a encontrar informações sobre temas que estudavam. Explorou a influência da biblioteca para ajudar os estudantes a clarear ideias, a ter ideias próprias, a mudar de ideia a partir de novas informações e a relacionar ideias com suas experiências anteriores, levando-os a participar mais de discussões em sala de aula. Aprofundando as questões do Bloco 2, as afirmativas do Bloco 3 também exploraram dimensões cognitivas que mostraram com mais clareza a influência da biblioteca na aprendizagem. Os resultados deste bloco reforçaram a dimensão da biblioteca como espaço de aprendizagem, mostrando que ela ajudou os alunos a iniciar seus trabalhos. Já se sabe que, no início de um trabalho escolar, os estudantes ficam perdidos, pois não conhecem o assunto que terão de pesquisar; a biblioteca ajudava-os então a encontrar as primeiras informações. A partir daí, eles aprendiam a estruturar o trabalho e a focalizar o assunto. Os alunos disseram que, com isso, desenvolveram maior interesse pelo assunto e descobriram novas informações. Os dados mostraram que, para muitos alunos, a biblioteca ajudou quando não entendiam alguma coisa. Os comentários da questão aberta indicaram que a intervenção do bibliotecário e o clima da biblioteca encorajaram-nos a buscar explicações e a pedir ajuda quando não compreendiam algum aspecto do assunto que estavam pesquisando. Com isso, eles podiam avaliar suas ideias e corrigi-las quando necessário.

Os comentários revelaram que a biblioteca ajudava-os a formar e a reformular suas ideias sobre questões pessoais, sociais e políticas.

No Bloco 7 (como a biblioteca ajuda o aluno a obter bons resultados nas atividades escolares?), havia cinco afirmativas que investigavam as percepções dos alunos sobre a influência da biblioteca no seu êxito acadêmico, verificando se ela os ajudava a fazer melhor seus trabalhos escolares, a obter melhores notas e a se sentirem mais confiantes quando realizavam as tarefas da escola. Este bloco ficou em quinto lugar, com média de 1.965 pontos, revelando que, na percepção de alguns estudantes, a biblioteca contribuía para terem boas notas nas tarefas que envolviam pesquisas em fontes de informação. Os comentários indicaram que os estudantes percebiam a biblioteca como um espaço de aprendizagem ativa, onde tinham que pensar e ponderar ao invés de simplesmente receber passivamente informações. Os dados deste bloco evidenciaram, embora de forma fraca, que a biblioteca ajudava os estudantes a terem maior confiança em sua capacidade de realizar tarefas escolares.

O Bloco 5 (como a biblioteca ajuda o aluno em suas leituras?) ficou em sexto lugar, com média de 1.907 pontos. Este bloco verificou o papel da biblioteca escolar como espaço de leitura, abordando percepções dos alunos sobre como a biblioteca apoiava seus interesses de leitura e ajudava no desenvolvimento do gosto de ler. Algumas das afirmativas eram: "a biblioteca da escola me ajuda a encontrar histórias que eu gosto", "a biblioteca da escola me ajuda a gostar de ler", "a biblioteca da escola me ajuda a ler mais". Os dados relativos a este bloco mostraram que a biblioteca era vista pelos alunos mais como um espaço de aprendizagem e menos como espaço de leitura. Entretanto, os comentários da questão aberta mostraram que o fato de o bibliotecário conhecer seus interesses de leitura, de estimular conversas sobre livros lidos, de disponibilizar uma variedade de livros, incluindo os best-sellers, foram fatores motivadores de leitura. Segundo Ross Todd,[7] este foi um resultado inesperado da pesquisa, pois durante décadas a biblioteca escolar tem sido considerada um espaço de promoção da leitura e do gosto de ler. Neste estudo, os participantes mostraram que consideram outras contribuições da biblioteca mais importantes, como aprender os passos da pesquisa escolar e usar computadores.

O Bloco 6 (como a biblioteca ajuda o aluno fora da escola?) ficou em sétimo e último lugar. Focalizou a influência da biblioteca na aprendizagem independente e na capacidade dos alunos de transferir habilidades ali aprendidas para outras situações. Algumas das afirmativas eram "a biblioteca da escola me ajuda a descobrir outros tópicos interessantes, além do meu trabalho escolar", "a biblioteca me ajuda a ser mais organizado com meu trabalho", "a biblioteca me ajuda quando tenho algum problema ou questão pessoal". Os estudantes reconheceram que as habilidades aprendidas na biblioteca (especialmente aquelas relativas a localizar fontes em meio digital, pesquisar na Internet, determinar a qualidade das informações e elaborar o produto final de uma tarefa) podiam ser utilizadas em situações semelhantes, quando realizavam seus trabalhos escolares em bibliotecas públicas e universitárias. Embora em pequeno número, alguns comentários mostraram que a biblioteca ajudava os alunos a lidar com problemas pessoais, permitindo que se informassem de forma discreta e anônima sobre temas que os preocupavam. Os estudantes mostraram

---

[7] Em entrevista dada à revista *School Library Journal* em 2004. Disponível em: <http://www.schoollibraryjournal.com/article/CA377858.html/>. Acesso em: 23 ago. 2011.

que a biblioteca ajudava-os a se interessarem por assuntos além daqueles do currículo escolar. Foram citados 3.952 assuntos, predominantemente sobre esportes, eventos históricos (por exemplo, Segunda Guerra Mundial, Holocausto), notícias, pessoas famosas, política, animais, questões pessoais (por exemplo, saúde, profissões, drogas, universidades e sexo), computadores (por exemplo, internet). Isso indica que a biblioteca foi percebida também como espaço que atendia aos interesses individuais dos alunos, além de ajudá-los em assuntos do currículo.

Outras concepções de ajuda

Os comentários feitos pelos alunos na questão aberta deixaram perceber outras concepções que revelaram novas facetas do papel da biblioteca escolar. Para definir essas facetas os pesquisadores analisaram 1.723 comentários, que indicavam que a biblioteca desempenhava também os seguintes papéis:

- Facilitando o acesso às informações, a biblioteca ajudava a economizar o tempo do aluno quando ele estava realizando seus trabalhos de pesquisa.
- Por disponibilizar certos serviços e pela mediação do bibliotecário junto aos alunos, a biblioteca possibilitava que eles cumprissem os prazos dados pelos professores para a realização de tarefas escolares.
- A disponibilização de espaços para trabalhos individuais que exigiam tranquilidade para reflexão também foi reconhecida por alguns alunos como ajuda que a biblioteca proporcionava.
- A biblioteca contribuiu para que os estudantes percebessem seus pontos fortes e fracos ao lidarem com informações, pois, ao desenvolverem

habilidade de pensamento crítico podiam refletir sobre suas experiências de aprendizagem e assim aprender melhor.

- Os comentários dos estudantes revelaram que a biblioteca desempenhava um papel na sua formação de visão de mundo, ajudando-os a desenvolver a percepção dos acontecimentos, a refletir e a formar opiniões sobre essas questões.

- Os comentários também indicaram que a biblioteca ajudava os estudantes no desenvolvimento de sua autoestima, na construção de uma visão positiva de si mesmos e do que eram capazes, tornando-se pessoas autônomas, que podiam estabelecer objetivos e se esforçar para alcançá-los.

A análise dos resultados: a biblioteca escolar como agente dinâmico de aprendizagem

Os autores do estudo concluíram que a biblioteca ajudava os estudantes de muitas maneiras ao longo de sua vida escolar. Segundo os pesquisadores, ficou provado que bibliotecas eficientes desempenham papel ativo na aprendizagem. Os dados confirmaram a função tradicional da biblioteca escolar: fornecer acesso a recursos informacionais que os alunos precisam para realizar seus trabalhos escolares, disponibilizando uma variedade de materiais, em diferentes formatos. Entretanto, revelaram que a biblioteca é mais do que um simples estoque de informações. Os estudantes mostraram que ela os ajudava a construir suas compreensões e conhecimentos, ensinando-os a pesquisar, a identificar ideias pertinentes, analisar, sintetizar e avaliar informações, a estruturar e organizar ideias, a desenvolver pontos de vista, tirar conclusões e ter opiniões próprias.

Os pesquisadores concluíram que a biblioteca escolar não era apenas um espaço de informação, mas também um espaço de conhecimento, onde os estudantes desenvolviam a capacidade de encontrar novos significados. Os alunos valorizavam a orientação que recebiam na biblioteca, que os ajudava a ser bons pesquisadores, a explorar o mundo das ideias. Mostraram que isso teve efeito positivo nos resultados de sua aprendizagem. Segundo os pesquisadores, além desse papel informacional, a biblioteca teria papel transformacional e formacional, pois conduzia à criação, disseminação e uso do conhecimento, e ao desenvolvimento de valores com relação à informação. Ross Todd e Carol Kuhlthau chamaram atenção para a importância do papel educativo do bibliotecário, que foi revelado nos resultados da pesquisa. Os dados mostraram que os bibliotecários trabalhavam junto com os professores para criar boas oportunidades de aprendizagem. Os estudantes valorizavam o relacionamento com o bibliotecário, sua disponibilidade para orientá-los, sua maneira amigável de auxiliá-los, dando retorno e atenção pessoal às suas demandas.

Os comentários dos estudantes revelaram que eles percebiam pontos negativos, como, por exemplo, que algumas das atividades que ocorriam na biblioteca eram pouco eficientes. Por exemplo, visitas guiadas, palestras sobre o sistema de classificação, explanações sobre regras para usar a Internet, aulas sobre o regulamento da biblioteca, que eram dadas de forma descontextualizada, ou seja, separadas dos conteúdos que estavam estudando e não relacionadas aos objetivos das disciplinas.

Os pesquisadores consideraram que o estudo revelou pontos que podem ser explorados em futuras pesquisas. Um deles seria – utilizando o conceito de ajuda – estudar com mais profundidade a dinâmica dessa ajuda, bem como a concepção de "não ajuda", explorando barreiras e dificuldades da biblioteca para ajudar os estudantes. Sugeriram também que se pesquise com mais detalhe como a biblioteca influencia a capacidade de leitura. Concluíram fazendo a seguinte pergunta: o que aconteceria se os estudantes não tivessem oportunidade de se beneficiarem das ajudas proporcionadas pela biblioteca escolar? O que aconteceria se esta ajuda não estivesse disponível?

Comentários

O estudo de Ohio tem tido ampla divulgação.[8] Chama atenção pelo fato de ter envolvido um grande número de participantes: 13.123 estudantes responderam ao questionário. Essa amplitude da amostra é um fator que dá credibilidade ao estudo. As conclusões foram também reforçadas pelo fato de que, desses 13.123 alunos, apenas 73 indicaram que as afirmativas do questionário não se aplicavam a eles, mostrando que a maioria considerava que a biblioteca os ajudava de alguma forma. Um ponto que precisa ser lembrado é que as bibliotecas frequentadas por esses estudantes eram boas bibliotecas. Elas foram escolhidas para participar da pesquisa porque atendiam aos seguintes critérios: pertenciam a escolas consideradas excelentes, tinham ótimas coleções, eram dirigidas por bibliotecário formado e desenvolviam atividades permanentes de educação de usuários integradas ao currículo.

Tomado no contexto das bibliotecas escolares norte-americanas, o estudo de Ohio pode ser considerado mais um esforço para se provar cientificamente o impacto da biblioteca na aprendizagem. Os vários estudos que vêm

---

[8] Principalmente no site da Ohio Educational Library Media Association (OELMA), instituição responsável pela pesquisa: <http://www.oelma.org/OhioResearchStudy.htm>.

sendo realizados desde o início da década de 1990⁹ estão desvelando aos poucos as diferentes facetas da biblioteca como espaço de aprendizagem, fornecendo à classe bibliotecária evidências para mostrar objetivamente o valor da biblioteca na escola. O estudo de Ohio vem enriquecer essas evidências porque revela uma perspectiva multidimensional da função da biblioteca escolar, apresentando aspectos específicos que, na visão dos próprios usuários, os ajudam a aprender.

Referências do artigo original

DURRANCE, J. C.; FISHER-PETTIGREW, K. E. Determining How Libraries and Librarians Help. *Library Trends*, n. 51, p. 305-334, 2003.

DURRANCE, J. C.; FISHER-PETTIGREW, K. E. Toward Developing Measures of the Impact of Library and Information Services. *Reference and User Services Quartely*, v. 42, n. 1, p. 43-53, 2002.

FLANAGAN, J. C. The Critical Incident Technique. *Psycological Bulletin*, n. 51, p. 327-358, 1954.

INFORMATION POWER: *Building Partnerships for Learning*. Chicago: American Library Association 1998.

KRANICH, N. *Libraries and Democracy: the Cornerstones of Liberty*. Chicago: American Library Association, 2001.

KUHLTHAU, C. C. Inside the search process: information seeking from the user's perspective. *Journal of the American Society of Information Science*, n. 42, p. 361-371, 1991.

KUHLTHAU, C. C. *Teaching the Library Research Process*. 2. ed. Methuchen: Scarecrow Press, 1994.

KUHLTHAU, C. C. Student Learning in the Library: What Library Power Librarians Say. *School Libraries Worldwide*, v. 5, n. 2, p. 80-96, 1999.

---

[9] A International Association of School Librarianship (IASL) divulga esses estudos em: <http://www.iasl-online.org/advocacy/make-a-difference.html>.

KUHLTHAU, C. C. *Seeking Meaning: a Process Approach to Library and Information Services*. 2. ed. Westport: Libraries Unlimited, 2004.

TODD, R. Back to our Beginnings: Information Utilization, Bertram Brookes and the Fundamental Equation of Information Science. *Information Processing and Management*, v. 35, p. 851-870, 1999.

TODD, R. Evidence-Based Practice I: the Sustainable Future for Teacher-Librarians. *Scan*, v. 21, n. 1, p. 30-37, 2002.

TODD, R. evidence-based practice II: Getting into the Action. *Scan*, v. 21, n. 2, p. 34-41, 2002.

TODD, R. Information Intents. *In*: FISHER, K. E.; ERDELEZ, S.; MCKECHNIE, E. F. (Ed.). *Theories of Information Behavior: a Researcher's Guide*. Medford, NJ: Information Today, 2005.

Capítulo 2
Como o estudante constrói significados da biblioteca escolar

Que significados são construídos na interação entre os estudantes e o espaço da biblioteca durante situações específicas de aprendizagem? Como os alunos usam a biblioteca escolar para buscar informações para seus trabalhos escolares? E como, desta forma, constroem seus significados, sua compreensão da biblioteca e de seus recursos como um espaço de aprendizagem?

Essas questões foram feitas por dois pesquisadores suecos, Louise Limberg e Mikael Alexandersson,[10] que estavam interessados em compreender o papel que a biblioteca escolar exerce no processo de busca de informação para trabalhos escolares. Eles então realizaram, durante os anos de 2001 e 2002, uma pesquisa em sete escolas de quatro municípios da Suécia. Fizeram cerca de 90 visitas às escolas escolhidas, situadas em áreas urbanas

---
[10] LIMBERG, L.; ALEXANDERSSON, M. The School Library as a Space for Learning. *School Libraries Worldwide*, v. 9, n. 1, p.1-15, 2003. Disponível em: <http://www.iasl-online.org/pubs/slw/jan03-limberg.htm/>. Acesso em: 24 ago. 2011. **Louise Limberg** é professora titular na Swedish School of Library and Information Science da University College of Boras e na Goteborg University (Suécia). **Mikael Alexandersson** é professor na área de Educação na Lulea Technical University e na Goteborg University (Suécia).

e rurais. Para a coleta dos dados, utilizaram técnicas de observação, entrevistas e questionários com os alunos. Um total de 280 estudantes (de 9 a 19 anos), mais dezoito professores, sete diretores e nove bibliotecários e funcionários das bibliotecas compuseram a amostra.

Os dados foram coletados em situações reais de aprendizagem, quando os estudantes faziam trabalhos escolares solicitados pelos professores. Para isso, os pesquisadores os acompanharam desde o início até a conclusão de tarefas que demandassem busca e uso de informação de forma independente, na biblioteca e fora dela.

O foco da pesquisa era a experiência dos estudantes e, portanto, os dados coletados com professores, diretores, bibliotecários e funcionários de bibliotecas foram usados apenas para ajudar os pesquisadores a compreender o contexto das situações de aprendizagem. É importante observar que foram investigadas apenas tarefas ligadas ao estudo de tópicos curriculares e não aquelas relativas a atividades de leitura literária ou de lazer.

A literatura que embasou a pesquisa

Louise Limberg e Mikael Alexandersson utilizaram diversos estudos realizados sobre o assunto, para compreender o problema de pesquisa e analisar os dados. Basearem sua análise nas seguintes evidências, reveladas por estudos anteriores:

- A aprendizagem por meio da biblioteca escolar é influenciada por uma variedade de fatores (recursos, estrutura organizacional, propostas pedagógicas) e atores, como professores, administradores e estudantes, isto é, pela "cultura escolar" que compõe o contexto da biblioteca.

- A construção de significados em contextos escolares ocorre gradativamente, envolvendo mudanças contínuas; essa construção é um processo social que pode ser entendido como uma interação na qual os pensamentos e as ações comunicativas dos estudantes tomam forma e pela qual eles, de várias maneiras, coordenam suas ações. Essa é uma interpretação subjetiva das ações dos estudantes, referindo-se tanto à sua comunicação verbal quanto às ações que realizam quando buscam informações na biblioteca.

- A aprendizagem pelo uso da biblioteca escolar ocorre de maneira intensificada quando exige dos estudantes habilidades tais como: tomar iniciativa, assumir responsabilidade pela tarefa, ser independente na utilização do tempo e ter autonomia para explorar tópicos de interesse pessoal.

- Uma consequência das práticas de busca de informações *on-line* e do uso da Internet é que a biblioteca escolar não é mais considerada por muitos como um lugar, mas como uma função. Entretanto, no estudo de Louise Limberg e Mikael Alexandersson, a biblioteca escolar foi vista simultaneamente como um lugar físico e virtual.

- Existem diferenças entre a biblioteca e outros espaços da escola – especialmente a sala de aula – que dizem respeito, por exemplo, ao *layout*: na biblioteca há mais espaço livre, presença de sofás e poltronas macias, estantes contendo uma quantidade e variedade de materiais diversos, e computadores, sugerindo um espaço seguro, de acolhimento.

- Outra característica já conhecida da biblioteca escolar é que ela tem uma estrutura que não existe em nenhum outro lugar da escola; essa estrutura é representada pelo sistema de classificação do acervo, que exibe uma organização do conhecimento diferente da organização escolar. O currículo escolar é estruturado por matérias e por séries. Além disso, a biblioteca é um espaço público, aberto para todos na escola, ao mesmo tempo em que permite o anonimato, o que, por sua vez, enseja possibilidade de independência.

- Sabe-se também que a biblioteca é um espaço "poroso", com potencial de mudar de significados, dependendo dos recursos e normas ali existentes e de acordo com a visão de conhecimento e aprendizagem prevalente na escola.

- A maneira como o espaço físico e a arquitetura da escola são vistos pelos estudantes difere dependendo da idade do aluno: os mais novos (7 a 11 anos) se relacionam com o ambiente através dos sentidos, enquanto que alunos mais velhos (12 a 15 anos) pensam conscientemente sobre os detalhes e formas. Estes últimos concebem e interpretam o ambiente físico em relação a questões existenciais e a situações tais como: ser sociável, ser independente, ter responsabilidade, liberdade e controle sobre suas ações e sobre o ambiente. As salas de aula são geralmente associadas com monotonia e falta de autonomia, enquanto que as bibliotecas parecem proporcionar oportunidades de descobertas e estímulos, bem como de paz e tranquilidade.

As conclusões das pesquisas acima relatadas ajudaram Louise Limberg e Mikael Alexandersson a estruturar o objeto de sua pesquisa que ficou assim constituído: *os significados construídos através da interação entre estudantes e o espaço da biblioteca em determinadas situações de aprendizagem.*

Embasamento teórico complementar

O embasamento teórico da investigação foi constituído por duas perspectivas de aprendizagem. A primeira foi a *perspectiva sociocultural*, que considerou que o contato dos estudantes com artefatos e com pessoas – no caso, contatos que ocorriam na biblioteca – constituía participação num exercício de socialização, e a biblioteca escolar foi entendida como um "instrumento cultural" com uma função comunicativa. Essa é uma perspectiva estudada por Roger Säljö, professor da Goteborg University (Suécia), que realiza pesquisas sobre aprendizagem, interação e desenvolvimento humano com abordagem sociocultural.

A segunda foi a *perspectiva fenomenológica*, usada para compreender a biblioteca escolar como espaço ou lugar. A fenomenologia – uma tradição filosófica existencial – constitui uma forma de conhecer que busca descrever as qualidades essenciais subjacentes da experiência humana e o mundo no qual essa experiência ocorre. Essa abordagem pressupõe que as pessoas e o mundo estão intimamente relacionados, de tal forma que um constrói e reflete o outro. As pessoas não agem no mundo como coisas em relação a um objeto, mas são seres que experimentam, e suas ações, comportamentos e compreensões sempre pressupõem e se desvelam em um mundo que, por sua vez, é um reflexo dessas vivências. Na perspectiva fenomenológica, lugar e espaço têm grande significado existencial para a pessoa; dão a ela sua identidade e nunca estão separados dela. Estão relacionados à sua posição no lugar, ao uso que se faz dele e também à intenção da pessoa com relação ao lugar. Quando as pessoas ocupam determinado espaço, estarão modelando-o de diferentes formas e, então, esse espaço pode envolver diferentes dimensões, dependendo de vários fatores, como, por exemplo, intenção da pessoa ao utilizar o lugar, como ela experimenta o lugar por meio dos sentidos, ou até a atmosfera que penetra cada parte do lugar, que é influenciada pelas tarefas que ali são desempenhadas.

Os pesquisadores suecos queriam descobrir de que maneira tanto o espaço como os padrões dominantes de uso da biblioteca escolar criavam normas de como a aprendizagem poderia ocorrer ali.

Resultados

Os pesquisadores descobriram que a biblioteca escolar como espaço era um setor da escola que apoiava o desenvolvimento da aprendizagem do aluno, e como tal se apresentava nas regras formais da escola. A experiência da biblioteca escolar era concretizada pela natureza do espaço físico e pelo uso desse espaço, de acordo com as habilidades dos diferentes atores, seus desejos, pensamentos e envolvimento. Quando, por exemplo, os estudantes entravam na biblioteca para participar daquilo que a biblioteca oferecia de forma concreta e "objetiva" eles tomavam parte, também de forma "subjetiva", no que a biblioteca oferecia do ponto de vista de sua experiência do lugar e do que ela continha. De certa maneira, os estudantes estavam presentes, todos nas mesmas condições, no espaço da biblioteca, mas, por meio de uma variedade de experiências concretas, cada um deles estava desenvolvendo uma relação individual com o espaço, um tipo de consciência do espaço ou de relação com ele.

Nas sete escolas, os pesquisadores observaram empatia, envolvimento, profissionalismo, ações de busca de informações, comunicação e interação. Entretanto, foram observados também comportamentos passivos e mecânicos e falta de cooperação entre os vários atores. A organização da biblioteca limitava a vida social dentro dela. Ficou óbvio que o balcão de empréstimo formava uma barreira entre o espaço dos estudantes e o dos bibliotecários. Excluía também os professores que compartilhavam com os alunos o resto do espaço. O arranjo das estantes dividia o lugar de diversas maneiras e as passagens entre elas criavam pequenas ilhas dentro do espaço maior da biblioteca. O "canto de leitura" – e o acesso a ele – também criava um espaço dentro do espaço. Os estudantes aprendiam desde cedo a aceitar a maneira de usar o espaço que era colocado à sua disposição e raramente surgiam conflitos sobre seu uso. Segundo os pesquisadores, emergiram dos dados vários significados que podem ser vistos como diferentes dimensões do significado da biblioteca como um todo.

Estoque de livros e de informação factual

O significado predominante da biblioteca foi o de estoque de livros, isto é, o papel da biblioteca era o de fornecer materiais – principalmente livros – para as tarefas escolares. Alunos maiores (11 a 19 anos) iam à biblioteca para buscar e pegar livros emprestados. Isso significa que, para esses estudantes, a biblioteca como espaço físico era óbvia. Para alunos menores (9 a 10 anos), que geralmente usavam na sala de aula os livros levados pelo professor, a biblioteca como espaço físico era menos evidente.

Os motivos mais comuns para usar a biblioteca foram: consultar livros e pegar material para empréstimo. Os estudantes relacionavam a biblioteca com a busca de fatos, isto é, de informações específicas, de respostas corretas para uma questão objetiva. Segundo os pesquisadores, a compreensão da biblioteca como lugar para "encontrar fatos" é inapropriada para uma tarefa complexa de aprendizagem. Eles já haviam observado em pesquisa anterior que essa visão raramente era contestada por professores e bibliotecários. Uma explicação teórica que os pesquisadores deram para isso foi que, de acordo com a prática discursiva da biblioteca, a aprendizagem ocorre por meio de cópia e memorização de textos.

Sistema de informação opaco

Os dados da pesquisa evidenciaram que os estudantes tinham uma compreensão vaga do sistema de organização do acervo, tanto no que diz respeito à organização dos livros nas estantes quanto ao sistema de classificação e à catalogação. Quando os pesquisadores indagaram como encontravam determinado material, os estudantes raramente deram uma explicação adequada. Disseram que, frequentemente, pediam ajuda ao bibliotecário para encontrar livros ou artigos. Apesar disso, as respostas aos questionários revelaram que eles achavam fácil encontrar material na biblioteca. Assim, os pesquisadores consideraram que um dos significados da biblioteca seria o de um sistema de informação "opaco" ou pouco compreensível, onde se precisa de ajuda para encontrar um documento. Outra interpretação foi que a biblioteca seria um lugar onde era fácil encontrar informação, visão que pode levar à frustração ou desapontamento se – ou quando – o usuário falha em encontrar a informação de que precisa.

Os pesquisadores observaram que a limitada compreensão pelos estudantes do sistema de organização do acervo também se aplicava à internet. Mesmo quando professores e bibliotecários recomendavam o uso de fontes adequadas, organizadas por profissionais, eles raramente usavam essas fontes.[11] A maioria não sabia a

---

[11] Os autores dão como exemplo a Swedish School Net, sistema organizado pela Swedish National Agency for Education, para alunos de 10 a 15 anos, que inclui cerca de 3.700 links confiáveis.

diferença entre um catálogo e um mecanismo de busca como o Google, que usavam de forma primária, sem demonstrar conhecer recursos básicos para limitar ou ampliar buscas. Algumas vezes, com a ajuda do bibliotecário, obtinham melhores resultados. Estavam preocupados apenas com a localização de informações sobre o tema de suas pesquisas e raramente pareciam levar em consideração questões sobre credibilidade das fontes.

Lazer/refúgio

Outros significados que emergiram dos dados foram da biblioteca como lugar de lazer e como lugar de refúgio. Os estudantes que queriam escapar da sala de aula usavam a biblioteca como refúgio. A necessidade de pegar um livro para um trabalho ou projeto que estavam desenvolvendo legitimava a fuga da sala de aula e dava-lhes o desejado espaço de liberdade, algumas vezes possibilitando que o utilizassem para jogos, bate-papo ou outro tipo de atividade relaxante. Os pesquisadores perceberam que, em muitos casos, a intenção dos estudantes ao usar a biblioteca durante o horário de aula era conseguir se livrar da sala de aula.

A noção da biblioteca como refúgio inclui também a ideia da biblioteca como lugar para leitura quieta e concentrada. Os dados mostraram que alunos de várias idades aproveitavam a ida à biblioteca para ler livros de sua escolha e que usavam sofás e pufes não apenas nesse momento de lazer, mas também quando estavam trabalhando em tarefas escolares.

Ordem rígida e silêncio

A biblioteca como lugar de regras estritas e de ordem emergiu dos dados que mostraram, além disso, que os estudantes eram tolerantes com essa situação. Por exemplo, quando o sistema de empréstimo ficava fora do ar eles aceitavam bem a situação, aguardando ou voltando mais tarde para pegar o livro. A interação comunicativa entre adultos e alunos na biblioteca confirmou essa interpretação: os pesquisadores observaram, frequentemente, bibliotecários arrumando livros nas estantes, solicitando silêncio e insistindo na aplicação das regras para empréstimo e fotocópia. A estrutura do sistema de classificação que caracteriza a biblioteca enfatizava o significado de uma ordem especial. Outro indício de ordem era a maneira como os bibliotecários instruíam os estudantes na busca de informação para trabalhos escolares: frequentemente sugeriam que seguissem passos, de acordo com os tipos de documentos a serem consultados, ou seja, 1º) enciclopédias, 2º) livros, 3º) periódicos, 4º) bases de dados, e assim por diante, numa *abordagem guia*, conforme identificada pela pesquisadora estadunidense Carol Kuhlthau. Nessa abordagem, o aluno costuma ser conduzido em sua busca de informação numa sequência de passos preestabelecidos e a ênfase está na maneira de localizar e usar as fontes para encontrar determinadas informações.

Lugar para uso do computador – o espaço virtual

No que diz respeito à biblioteca escolar como espaço para uso de computadores, os dados revelaram um panorama mesclado. Houve, conforme já esperado pelos pesquisadores, variações entre escolas, dependendo do número e da distribuição dos computadores nos diferentes espaços. Em bibliotecas com muitos computadores, os estudantes os usavam para localizar informações na internet. Em escolas onde os computadores eram localizados em salas de aula ou em outros espaços fora da biblioteca, esta era usada principalmente para pegarem material impresso. Setenta por cento dos alunos que frequentavam bibliotecas com muitos computadores revelaram que os consideravam muito importantes para a busca de informação. Apesar disso, poucos afirmaram que o uso do computador era o motivo principal para visitarem a biblioteca. Eles usavam computadores, não importando onde estivessem: na biblioteca, na sala de aula, no laboratório ou em casa.

Assim, parece que a biblioteca escolar constituía, para esses estudantes, mais um espaço físico do que virtual. Os pesquisadores perceberam que, embora tivessem preferência por usar a internet e realizassem muitas buscas nos computadores da biblioteca, os alunos pareciam associar a busca na *web* com os computadores mais do que com a biblioteca. Consideravam o espaço virtual atrativo e prestigioso e expressões de entusiasmo e de alegria com descobertas de informações na rede foram evidentes nos dados coletados. Ao mesmo tempo, resultados das observações indicaram que eles tinham dificuldade para navegar na *web*, no que diz respeito à busca, ao uso de operadores e à avaliação da credibilidade das fontes encontradas. (Ver *Sistema de informação opaco*, p. 42). As dimensões virtuais dos computadores eram perceptíveis, mas não estavam claramente associadas à biblioteca.

Área de serviço (*service area*)

A biblioteca como uma área de serviço emergiu da observação feita do comportamento dos estudantes na biblioteca e da interação que ali ocorria entre eles e os adultos. Os estudantes constantemente pediam ajuda para resolver problemas técnicos, e os adultos (professores e bibliotecários) pareciam responder a essas expectativas atuando como pessoal de serviço, oferecendo soluções, tais como restabelecer conexões falhas ou ajudar quando a rede caía, tirar fotocópias ou usar outro equipamento, bem como encontrar livros nas estantes. Os pesquisadores chamaram atenção para as consequências das ações dos adultos que exercem função de serviço, resolvendo problemas técnicos para os estudantes. Segundo eles, isso pode estabelecer conflito com seu papel de apoiar a aprendizagem. Os pesquisadores tinham conhecimento, por meio de estudo anterior, de que a interação entre mediadores e alunos na biblioteca escolar estava focalizada principalmente em dimensões operacionais ou técnicas da tarefa, tais como digitar a palavra certa no instrumento de busca, encontrar o *site* adequado ou procurar textos e figuras corretamente. Esses resultados foram confirmados pelas observações das ações e das expectativas dos estudantes com relação aos serviços da biblioteca, feitas na pesquisa que estamos relatando.

Discussão e conclusões

Os pesquisadores concluíram que os vários significados da biblioteca escolar expostos no estudo são diferentes da retórica corrente sobre o papel da biblioteca na aprendizagem pela pesquisa. De acordo com o discurso vigente, bibliotecas escolares são espaços virtuais, globais, coleções de informação digital. Os resultados desta pesquisa indicaram que o significado da biblioteca escolar, com base no modo como ela era vivenciada pelos estudantes, está relacionado com o espaço físico mais do que com o virtual, e com objetos concretos, como os livros, mais do que com qualquer outro artefato. Os significados da biblioteca escolar vivenciados pelos estudantes também apontaram para ação e compreensão individual mais do que coletiva.

Os pesquisadores manifestaram preocupação com os resultados obtidos. Consideraram que o significado dominante da biblioteca escolar como estoque de livros, relacionado intimamente à biblioteca como um lugar a que se recorre para encontrar respostas corretas, era muito limitado e poderia dificultar a aprendizagem criativa na biblioteca e por meio dela. Além disso, acharam que a experiência da biblioteca como um sistema de informação opaco poderia criar obstáculos para a aprendizagem. Viram a necessidade de os estudantes desenvolverem um repertório mais amplo de significados da biblioteca escolar, com conexões mais fortes com a aprendizagem significativa.

Segundo os pesquisadores, a biblioteca escolar como refúgio poderia até ajudar crianças e jovens a sobreviver na escola, mas não seria adequada para apoiar a aprendizagem ativa, que utiliza estratégias de busca e uso de informações. Os resultados indicaram que, para estimular significados alternativos da biblioteca escolar, professores e bibliotecários seriam peças-chave e precisariam interagir de maneira diferente com os estudantes.

Quando os estudantes estavam em ação na biblioteca – lendo, pegando livros ou buscando informações – estavam vivenciando certa "atmosfera" do lugar (silêncio, paz, acolhimento). Comportamentos agitados ou agressivos não eram em geral esperados. Por meio do "lugar visual" os alunos vivenciavam imagens, textos e símbolos, e, por meio do "lugar auditivo", o silêncio característico da biblioteca. Além disso, os pesquisadores observaram que a intenção de uma biblioteca escolar seria funcionar como um "lugar social" ou espaço para atores que frequentam o lugar com a limitação de que não é um local para contato social, com movimento e barulho irrestrito. Por exemplo, "pegar um livro na biblioteca" cria certa relação entre os funcionários, os usuários e o que é oferecido (pegar emprestado ou ler livros). A atmosfera vivenciada nessa ação está associada a como lidar com a própria ação.

Interação comunicativa na biblioteca

Para os pesquisadores, a perspectiva sociocultural que embasou teoricamente a pesquisa implica uma visão da biblioteca escolar como um instrumento cultural com uma função comunicativa. Os vários significados apresentados acima eram comunicados aos estudantes através de sua interação com a biblioteca, com artefatos e pessoas que ali se encontravam. Ficou evidente que os adultos – professores e bibliotecários – tinham forte influência na construção de significados sobre a biblioteca escolar. Mas a imagem tem de ser completada com a biblioteca escolar como espaço. Por exemplo, a arquitetura e a decoração davam a professores e bibliotecários possibilidade de criar e explorar espaços como recurso para determinados tipos de interação na biblioteca.

Nesta pesquisa, ficou óbvio que professores, bibliotecários e espaço encorajavam a compreensão que os estudantes tinham da biblioteca como depósito de livros. Em várias escolas, o bibliotecário enfatizava fortemente os livros como fonte de informação e negligenciava buscas *on-line*, mesmo quando havia muitos computadores na biblioteca. Os pesquisadores consideraram que, se os bibliotecários continuassem insistindo no uso de livros e os professores usassem a biblioteca principalmente com a finalidade de pegar livros para levar para a sala de aula, era pouco provável que os estudantes formassem uma compreensão da biblioteca como um lugar para buscas *on-line* ou para interação intelectual.

A visão que os alunos tinham da biblioteca como lugar tranquilo ou de regras rígidas e ordem podia, de acordo com os pesquisadores, estar baseada na insistência de professores e bibliotecários em impor tais regras. Os estudantes pareciam aceitar e moldavam suas compreensões de acordo com esse comportamento. Isso, para os pesquisadores, significava que professores e bibliotecários estabeleciam uma fórmula para a biblioteca. Quando ela era usada para atividades de entretenimento, os estudantes eram capazes de estabelecer a norma e impor os limites de utilização do espaço. Isso era possível porque, nesse momento, os professores não interfeririam.

Os dados forneceram poucas evidências de adultos, explícita ou implicitamente, encorajando a compreensão da biblioteca como espaço de aprendizagem ou de atividade intelectual. Entretanto, houve exemplos de estudantes engajados ativamente em suas tarefas e utilizando seriamente os instrumentos disponíveis na biblioteca para explorar seus tópicos de pesquisa. Nesses casos, havia uma curiosidade genuína dos estudantes para investigar problemas ligados a interesses pessoais: por exemplo, "porque sou tão alto?". Sabe-se que a forma – positiva ou negativa – como os alunos lidam com determinada tarefa é influenciada por seu envolvimento pessoal ou interesse pelo assunto, o que, por sua vez, influenciará os significados que eles constroem sobre o espaço da biblioteca.

A biblioteca como um instrumento cultural na prática discursiva da escola

Embora a pesquisa de Louise Limberg e Mikael Alexandersson focalizasse situações formais de aprendizagem, ela identificou um significado da biblioteca escolar como refúgio e como espaço de entretenimento e prazer para os estudantes. A biblioteca parecia ter significados ambíguos, implicando dicotomia entre trabalho e lazer ou entre controle e liberdade. Salas de aula já foram caracterizadas em estudo anterior como "espaços devotados ao letramento enquanto trabalho" e bibliotecas como "espaços devotados ao letramento como busca do desejo pessoal". Entretanto, os autores desse estudo não chamaram atenção para a relação antagonista entre as duas. Acharam que o importante seria considerar que essa situação poderia constituir uma possibilidade para a biblioteca escolar desafiar a prática da aprendizagem discursiva da escola, como, por exemplo, a de encontrar objetivamente a resposta correta – potencial que era escassamente utilizado pelos bibliotecários.

Para os pesquisadores, o uso do espaço na biblioteca escolar é um pilar central na criação de um discurso significativo na educação. Práticas espaciais ajudam a construir subjetivamente significados objetivos e a consolidar relações sociais e de poder. Por exemplo, se os espaços da biblioteca escolar fossem planejados para determinados propósitos, eles seriam vivenciados de acordo com esse planejamento; os estudantes lidariam com suas tarefas em conformidade com a maneira como eles vivenciavam o espaço onde a tarefa seria conduzida. A organização das bibliotecas escolares, observada no estudo, evidentemente evoca a ideia de que a biblioteca convida ao trabalho individual mais do que ao coletivo. Os pesquisadores observaram que havia possibilidade para discussões em grupo, mas elas raramente ocorreram durante o período de coleta de dados. O individualismo por parte dos estudantes estava ligado ao individualismo da perspectiva do bibliotecário. Conversas entre bibliotecários e alunos estavam baseadas na interação individual entre eles. O que parecia estar em jogo era a tentativa de exercer o controle simbólico sobre a natureza do ensino/ aprendizagem. Essa interpretação dos pesquisadores baseava-se na ideia de que – dependendo da intenção e de particularidades de tempo/espaço – certos grupos ou indivíduos costumam dominar outros grupos ou indivíduos por meio de um código discursivo significativo, em razão de sua especialização ou competência. Uma questão proposta pelos pesquisadores, para futuros estudos, foi a de verificar se a interação individual do bibliotecário com os estudantes poderia ser uma manifestação do uso de controle simbólico pelo bibliotecário, quando tenta preservar seu território profissional como especialista em informação.

Implicações para a prática

Os pesquisadores consideraram que o significado potencial da biblioteca escolar como espaço para exploração de informações que leve à aprendizagem significativa exigiria abordagens alternativas para a biblioteca escolar, diferentes daquelas observadas no estudo. Sugeriram que, se quisessem utilizar o potencial da biblioteca para desafiar a prática discursiva da escola, bibliotecários e professores deveriam rever sua visão ultrapassada de aprendizagem como reprodução e como busca de informação para encontrar a resposta correta. Para eles, essa visão deveria ser seriamente contestada e profundamente reconsiderada por professores e bibliotecários. Implementar processos de aprendizagem baseados em pesquisa orientada sistematicamente é uma tarefa difícil, que professores e bibliotecários precisam realizar juntos. É uma questão de romper séculos de tradição escolar e, portanto, uma ação complexa.

Para os pesquisadores, isso significa que a prática discursiva da biblioteca também precisava ser desafiada, questionando-se a tradição biblioteconômica de liberdade de escolha, passando-se a dar um foco mais forte na aprendizagem organizada. Os estudantes precisam encontrar contextos de aprendizagem organizados, interagindo com variados artefatos e também com professores e bibliotecários na biblioteca. Consequentemente, bibliotecários deveriam direcionar seus interesses e atividades para a aprendizagem, bem como incrementar ações coletivas em oposição ao padrão prevalente de interação comunicativa individual na biblioteca. Certamente, tal redirecionamento de interesses teria consequências para a biblioteca como espaço e os bibliotecários deveriam se perguntar como o *layout* da biblioteca necessitaria ser mudado para apoiar tal redirecionamento.

Conclusões

Os pesquisadores concluíram que uma arena educativa como a biblioteca escolar oferece recursos espaciais e materiais que são usados na constituição de mensagens, quando forçam valores e pontos de vista na realidade dos estudantes. As experiências dos estudantes, de como as bibliotecas escolares são estruturadas, têm efeito significativo no que pode geralmente ocorrer naquele espaço. Por exemplo, que tipo de atividade de aprendizagem realmente ocorrerá na biblioteca e qual será o resultado dessa atividade? Bibliotecas escolares deveriam ser planejadas para intensificar o processo de aprendizagem, nutrindo mente, corpo e espírito. Elas poderiam incorporar não só as áreas curriculares tradicionais, mas também encorajar o estudo de temas transversais. Isso indica a importância de se refletir sobre a biblioteca escolar como um espaço de aprendizagem. Os dados mostraram que havia diferenças nas maneiras como os estudantes interagiam socialmente, quando utilizavam os artefatos da biblioteca (textos e imagens em documentos, artigos, livros, tecnologia, etc.). Diferenças similares ocorriam entre os professores quando usavam a biblioteca para ensinar, bem como entre os bibliotecários que trabalhavam regularmente na biblioteca. Estudantes, professores e bibliotecários criavam e usavam recursos espaciais para explicitar seu entendimento de boas práticas na biblioteca escolar. Esse entendimento, por sua vez, reforçava a maneira pela qual a biblioteca escolar poderia ser interpretada como um espaço físico para aprendizagem.

A variedade de significados da biblioteca escolar cria a noção de um espaço complexo com várias dimensões, conforme descrito acima. A conclusão a que os pesquisadores chegaram é que o potencial da biblioteca para contribuir para uma prática discursiva alternativa na escola parece estar ligado à possibilidade de combinar dimensões de prazer e liberdade com aprendizagem. Sugerem que o significado predominante da biblioteca escolar como estoque de informação seja questionado, abrindo espaço para outros significados, tais como: espaço para liberdade de expressão e para atividade intelectual e criativa. Insistem que o duplo significado de liberdade e de conhecimento organizado, bem como o de ação individual e coletiva na biblioteca escolar precisa ser reforçado para contribuir para a aprendizagem efetiva dos estudantes.

Referências do artigo original

ALEXANDERSSON, M. *Fingers that Think and Thoughts that Shine*: Children´s Communication Around the Computer. Göteborg: Göteborg University/Department of Education, 2002.

ALEXANDERSSON, M: LIMBERG, L. Constructing Meaning through Information Artifacts. *New Review of Information Behavior Research*, v. 4, n. 1, p. 17-30, 2003.

BEACH, D. *Making Sense of the Problems of Change: an Ethnographic Study of a Teacher Education Reform*. Göteborg: Göteborg University, 1995.

BERNSTEIN, B. *Class, Codes and Control: the Structuring of Pedagogic Discourse*. London: Routledge, 1990. v. 4.

BOLLNOW, O. F. *Mensh und Raum*. Stuttgar: Kohlhammar, 1963.

DRESSMAN, M. *Literacy in the Library: Negotiating the Spaces between Order and desire*. Westport, CT: Bergin & Garvey, 1997.

GIDDENS, A. *The Constitution of Society: Outline of the Theory of Structuration*. Cambridge: Polity Press, 1984.

KUHLTHAU, C. C. *Seeking Meaning: a Process Approach to Library and Information Services*. Norwood, N.J.: Ablex, 1996.

LIMBERG, L. Three Conceptions of Information Seeking and Use. In: WILSON, Thomas D.; ALLEN, David K. (Ed.). *Exploring the Contexts of Information Behaviour*. London: Taylor Graham, 1999. p. 116-135.

RAFSTE, E. T. *A Place to Learn or a Place to Be? A Case Study of Students' Use and Experience of the School Library*. Oslo: Unipub Forlag, 2001.

SÄLJÖ, R. Learning as the Use of Tools: a Socio-Cultural Perspective on the Human/Technology Link. In: LITTLETON, K., LIGHT, P. (Ed.). *Learning with Computers: Analyzing Productive Interactions*. London: Routledge,1999. p. 144-161.

SCANLON, E.; ISSROFF, K.; MURPHY, P. Collaboration in a Primary Classroom: Mediating Science Activities through New Technology. In: LITTLETON, K.; LIGTH, P. (Eds.). *Learning with Computers: Analyzing Productive Interactions*. London: Routledge, 1999. p. 62-78.

SKANTZE, A. *What are the Significance of the School Building? The Physical Environment of the School Seen from a Pupil Perspective and Studied in Relation to their Developmental Tasks*. Stockholm, 1989.

STREATFIELD, D.; MARKLESS, S. *Invisible Learning? The Contribution of School Libraries to Teaching and Learning*. London: British Library Research and Development Department, 1994. (Library and Information Research Report, 98).

THOMAS, N. P. *Information Literacy and Information Skills Instruction: Applying Research to Practice in the School Library Media Center*. Englewood, Co.: Libraries Unlimited, 1999.

VAN MANEN, M. *Researching Lived Experience: Human Science for an Action Sensitive Pedagogy*. Albany, NY: SUNY Press; London: Alhouse, 1990.

WILLIAMS, D. A.; WAVELL, C.; COLES, L. *Impact of School Library Services on Achievement and Learning: Critical Literature Review*. Aberdeen: The Robert Gordon University, 2001. Disponível em: <http://www4.rgu.ac.uk/files/impact%20of%20school%20library%20services1.pdf>. Acesso em: 24 ago. 2011.

Capítulo 3
Como o diretor da escola percebe a biblioteca escolar e o bibliotecário

O apoio do diretor da escola é vital para a implantação e manutenção dos projetos da biblioteca escolar. Por outro lado, é muito difícil para ele entender a contribuição que o bibliotecário pode dar para melhorar a qualidade do trabalho da escola. Partindo desses pressupostos, o pesquisador estadunidense Gary Hartzell[12] buscou compreender de que maneira o diretor percebe o bibliotecário e sua função na escola.

O autor mostrou que há evidências na literatura que comprovam que o apoio dado por qualquer dirigente baseia-se na confiança que ele deposita no funcionário. A confiança, por sua vez, origina-se do entendimento que o dirigente tem do trabalho deste funcionário. Para confiar no trabalho de alguém é necessário percebê-lo como competente, compromissado, digno de confiança

---

[12] HARTZELL, G. The Principal's Perception of School Libraries and Teacher-Librarians. *School Libraries Worldwide*, v. 8, n. 1, p. 92-110, 2002. Disponível em: <http://www.iasl-online.org/pubs/slw/jan02-hartzell.htm/>. Acesso em: 24 ago. 2011. **Gary Hartzell** é professor de Administração Escolar na University of Nebraska, Omaha (EUA) e seus interesses de pesquisa são as relações pessoais no trabalho. Na área de Biblioteconomia, ele se interessa especificamente por estudar as relações diretor/bibliotecário na escola.

e entender de que maneira essa pessoa contribui para o bem da organização.

Na perspectiva do próprio bibliotecário, a biblioteca é, sem dúvida, essencial para a aprendizagem dos alunos e central para a missão da escola. Entretanto, essa não é a visão dos diretores. Para muitos deles esse valor é menos óbvio e menos certo.

Neste trabalho, Gary Hartzell procurou mostrar como os diretores de escola percebem o bibliotecário e sua função. Isso foi feito por meio de uma extensa revisão de literatura, onde foram analisados cerca de 80 documentos, principalmente de autores estadunidenses, cobrindo o período de 1959 a 2001.

As percepções dos diretores

Diversas pesquisas mostram que a maioria dos diretores tem uma compreensão limitada de como as atividades da biblioteca funcionam e de como elas contribuem para a qualidade dos projetos da escola. Essa compreensão tem origem em estereótipos e, portanto, os diretores ainda veem a biblioteca como depósito de livros a serem emprestados aos estudantes, e como um espaço que precisa ser administrado. Percebem as pessoas que cuidam da biblioteca como bibliotecários, e os bibliotecários como estereótipos de pessoas exigentes, meticulosas, difíceis de lidar, mais interessadas em coisas do que em pessoas e isoladas da equipe escolar. A expectativa desses diretores é simplesmente de que o bibliotecário forneça informações para os usuários, apoie os professores quando solicitado e ajude os estudantes a encontrar materiais para as tarefas dadas pelos professores.

Embora os diretores saibam que o bibliotecário ensina habilidades de pesquisa, eles geralmente não o percebem como professor e, obviamente, não entendem que ele pode ser parceiro dos professores e colaborar com a escola em discussões sobre currículo e projetos. Gary Hartzell relata pesquisas que mostraram como a percepção dos diretores com relação ao trabalho do bibliotecário era limitada. Uma dessas pesquisas, feita no estado do Arizona (EUA), mostrou que menos de 7% dos diretores de escolas daquele estado acreditavam que o bibliotecário poderia exercer liderança na comunidade escolar. Estudos feitos em outros estados revelaram que os diretores não consideravam que ajudar na elaboração de projetos didáticos seja parte do trabalho do bibliotecário. Para eles, o bibliotecário estava envolvido apenas com a seleção do acervo, a administração da biblioteca e o atendimento aos estudantes.

Gary Hartzell considera que talvez a maior prova de que os diretores não entendem claramente os projetos da biblioteca seja a maneira como eles avaliam o bibliotecário. Ele esclarece que muitos bibliotecários nos Estados Unidos nunca foram avaliados e, quando o são, a avaliação não considera algumas atividades que o bibliotecário geralmente desenvolve. Por exemplo, o trabalho conjunto com os professores, que envolve planejamento de atividades didáticas, raramente é avaliado.

O autor explica que, nos Estados Unidos, é comum os diretores usarem, para avaliar o bibliotecário, o mesmo formulário que usam para avaliar os professores, e considera que isso impede que a abrangência do trabalho do bibliotecário seja percebida. Na opinião de Gary Hartzell, este é um ponto importante, pois pesquisas na área de psicologia revelam que, quanto mais difícil é fazer um julgamento – por exemplo, quando o tempo é curto ou quando as informações são pouco familiares e complexas, situações típicas na avaliação do bibliotecário –, mais provável é que as pessoas que avaliam se baseiem em estereótipos. Isso, segundo Gary Hartzell, ajuda a entender por que os diretores dão maior valor à biblioteca em termos abstratos do que concretos e também por que o trabalho de outros membros da comunidade escolar é naturalmente valorizado, ao passo que o bibliotecário precisa dar explicações sobre todas as suas ações e até justificar por que a biblioteca precisa ter um orçamento.

Percebe-se, portanto, que diretores e bibliotecários não têm um relacionamento de trabalho sólido, que propicie benefício mútuo a todos os envolvidos e maximize a contribuição de cada um para a escola como um todo. Relações sólidas são baseadas na compreensão do papel de cada um e na confiança sobre a competência, dedicação e honestidade, como já dito acima. A questão que Gary Hartzell coloca em discussão, portanto, é: por que os diretores não veem essas características nos bibliotecários com os quais trabalham?

Por que os diretores têm tais percepções

Gary Hartzell considera que as respostas são muitas e que cada diretor pode ter razões diferentes. Ele identifica pelo menos dois fatores que modelam as percepções dos diretores relativas ao bibliotecário: 1) a invisibilidade ocupacional de muitos bibliotecários e 2) a forma como ocorre a socialização ocupacional dos diretores de escola.

A invisibilidade ocupacional do bibliotecário

Por causa de sua própria experiência e do foco de seu trabalho, os diretores tendem a definir a escola em termos de ensino/aprendizagem. Em consequência, para eles, professores e coordenadores têm posição central na escola e o bibliotecário é percebido apenas como o membro da equipe que apoia os responsáveis pelos resultados da aprendizagem – professores e coordenadores –, e não como alguém diretamente interessado na aprendizagem dos alunos. Segundo Gary Hartzell, essa percepção dos diretores dificulta-lhes entender a contribuição que o bibliotecário dá ou poderia dar para a aprendizagem.

Ironicamente, a natureza do trabalho do bibliotecário tende a reforçar essa percepção. Primeiro, porque a contribuição que ele dá é absorvida no trabalho dos professores e dos alunos. Segundo, porque como geralmente só há um bibliotecário na escola e ele precisa estar atendendo enquanto os professores estão no horário de recreio ou lanche, isso cria certo isolamento. Por último, o bibliotecário tem uma profissão específica e tende a se comunicar profissionalmente com outros bibliotecários. Ele não publica em revistas nem participa de eventos na área de educação, o que reforça a situação. O autor analisa em seguida esses três fatores.

A natureza do trabalho do bibliotecário

O bibliotecário geralmente presta serviços que ajudam as pessoas a obter melhores resultados em suas tarefas. Essa contribuição é tão integrada que é difícil distingui-la no resultado final do trabalho de estudantes e professores.

Essa característica é um dos principais fatores que obscurece a visão do diretor em relação ao trabalho do bibliotecário. O diretor geralmente reconhece um bom professor, mas tem dificuldade em entender a contribuição do bibliotecário que, por mais significativa que possa ser, é colocada em segundo plano, pois os professores e coordenadores é que são vistos como responsáveis pelos bons resultados de aprendizagem e pelo sucesso dos projetos da escola.

Os professores, por sua vez, percebem o bibliotecário como apoio, como aquele que providencia material para as tarefas dos estudantes. É raro o professor que considera o bibliotecário como colega e mais ainda como parceiro.

Isolamento e horário

A invisibilidade do bibliotecário resulta também de uma combinação de dois fatores: isolamento e horário escolar. Diferentemente dos professores, que formam um grupo grande na escola, o bibliotecário é único e, portanto, em termos numéricos, sua força é menor. Isso se agrava com a questão do tempo escolar. O uso mais intenso da biblioteca por professores e alunos no horário de recreio e lanche obriga o bibliotecário a se manter na biblioteca nesses horários, impedindo-o de socializar-se, de construir relações com a equipe da escola e de ter maior visibilidade.

Disseminação de informações sobre a profissão

Um terceiro fator de invisibilidade origina-se no modo como a classe bibliotecária dissemina informações sobre si. Experiências, projetos, pesquisas realizadas por membros da classe são disseminados em eventos e revistas da área de Biblioteconomia, ou seja, só atingem a eles próprios. Essa disseminação não alcança os diretores, pois eles não leem fora da área de educação. E os bibliotecários raramente publicam em revistas de educação. Alguns diretores até participam de eventos da área de Biblioteconomia, normalmente de forma esporádica (uma conferência, uma entrega de prêmio) sem assistirem às sessões de apresentação de trabalhos, que seriam a oportunidade de conhecerem melhor as práticas bibliotecárias.

Assim, Gary Hartzell analisa como a invisibilidade ocupacional do bibliotecário é estabelecida. Ele afirma que já se sabe que as primeiras impressões tendem a ficar arraigadas, a menos que sejam fortemente contrariadas. Pelo fato de que as informações que poderiam ajudar os diretores a entender melhor a biblioteca e o bibliotecário não chegam a eles de maneira sistemática, os diretores não contam com instrumentos que contrariem as primeiras impressões que adquirem como estudantes, professores e administradores.

Na próxima parte de sua análise, Gary Hartzell mostra de que maneira a compreensão dos diretores em relação ao bibliotecário é modelada ao longo do tempo. Para fazer essa análise ele utiliza conceitos da sociologia do trabalho.

Sociologia do trabalho

Pesquisas sobre sociologia do trabalho demonstram que as pessoas passam por pelo menos três estágios ao longo da carreira profissional. O primeiro é chamado de *período de socialização antecipatória*, quando se desenvolvem expectativas, impressões e antecipações do que seja pertencer a determinada profissão. O segundo é o *período de encontro*, quando as expectativas encontram a realidade do trabalho. O terceiro é o *período de acomodação*, em que as expectativas se reconciliam com as experiências reais e o profissional decide continuar naquela profissão. No seu artigo, o autor descreve o que ocorre com as percepções dos diretores durante as quatro fases de sua *socialização antecipatória*, que é a época em que se desenvolvem as percepções mais fortes sobre o bibliotecário.

Socialização antecipatória
Experiência dos diretores como estudantes

Os educadores, de modo geral, tendem a ter um longo período de socialização antecipatória, mais longa do qualquer outra profissão. Como todas as pessoas que frequentam uma escola, eles começam a reunir impressões sobre professores e outros educadores – incluindo o bibliotecário – desde o primeiro dia de aula e essas impressões ficam gravadas. No ensino básico, os estudantes percebem que o bibliotecário é diferente do professor e que ele trabalha em um lugar específico, diferente da sala de aula. Fora da escola, essas impressões são reforçadas pela mídia, que costuma representar o bibliotecário por meio de estereótipos negativos. Além dessas experiências como estudantes, o período de socialização antecipatória dos diretores passa por mais três fases.

Formação no magistério

As impressões equivocadas da primeira fase poderiam ser corrigidas na segunda, quando os diretores fazem sua formação como professores. Entretanto, isso não acontece, pois os cursos de formação de professores não fornecem qualquer informação sobre o potencial educativo da biblioteca e do papel pedagógico que o bibliotecário pode exercer. A formação do magistério enfatiza as interações individuais entre professor e aluno em sala de aula. Os professores são treinados para trabalhar de forma independente e têm forte consciência de sua autonomia na sala de aula e de sua responsabilidade com relação à aprendizagem. Não aprendem práticas colaborativas e de consultoria, como acontece em outras profissões. Assim, não percebem que poderiam trabalhar em parceria com o bibliotecário em projetos e atividades didáticas e beneficiar-se de seus conhecimentos específicos.

Experiência como professores

A terceira fase do período de socialização antecipatória dos diretores é a experiência de ensinar. Atuando como professores, os futuros diretores continuam a praticar na escola o individualismo que aprenderam durante sua formação. Por causa da ênfase na individualidade, os professores são mais competitivos do que cooperativos. Embora em outras profissões seja comum buscar opiniões externas, ouvir especialistas e trabalhar em equipe, para os professores, admitir que precisem de ajuda é difícil. Acham que pedir auxílio para resolver um problema é sinal de fraqueza ou de incompetência.

O isolamento da sala de aula dá aos professores grande autonomia. Eles têm controle sobre o que ali ocorre e dão muito valor a esse controle. Assim, qualquer sugestão que o bibliotecário pense em dar em relação às estratégias didáticas de um professor é interpretada como intromissão.

Treinamento administrativo

A última fase da socialização antecipatória dos diretores ocorre quando eles estão se formando para serem administradores de escola. Também nessa fase nada ocorre para mudar sua percepção da biblioteca e do bibliotecário. Os currículos dos cursos e os livros utilizados na formação de diretores não incluem qualquer menção à biblioteca e a seu potencial educativo. Portanto, os diretores não desenvolvem a consciência de seu papel no estímulo ao trabalho do bibliotecário na escola. Assim, sem obter, durante sua formação, conhecimentos sobre o potencial da biblioteca e do bibliotecário, os diretores raramente têm inclinação ou tempo para aprender por conta própria.

O que isso significa para o bibliotecário?

Gary Hartzell continua sua análise indagando sobre as consequências da percepção limitada dos diretores sobre o trabalho do bibliotecário e mostra que essas consequências ocorrem em vários níveis. Ele identifica três níveis e analisa como cada um pode ser afetado.

No nível profissional e pessoal

Nesse nível, o desconhecimento do diretor sobre a biblioteca afeta profissionalmente e pessoalmente o bibliotecário. Qualquer pessoa quer ter sucesso e reconhecimento profissional, e também ter influência com seu trabalho. Essas são premissas fundamentais para a satisfação profissional. Se o diretor não entende o potencial da biblioteca, ele, com certeza, não dará ao bibliotecário oportunidade de fazer diferença na escola. Se ele não encoraja e não facilita a interação e a colaboração entre os professores e o bibliotecário, as condições de o bibliotecário ter seu trabalho reconhecido serão reduzidas. Isso aumenta a vulnerabilidade do bibliotecário, que será o primeiro a ser atingido em momentos de mudança e de redução de orçamentos. É comum que a biblioteca seja o primeiro setor da escola a sofrer cortes orçamentários.

No que diz respeito às mudanças, um exemplo de como o bibliotecário é atingido são as alterações trazidas pela tecnologia. Gary Hartzell relata que, nos Estados Unidos, com a chegada de computadores e redes de informação nas escolas, alguns bibliotecários acabam se transformado em coordenadores de tecnologia, pois os diretores entendem a importância da tecnologia, mas não dão valor ao papel que o bibliotecário pode representar na aprendizagem.

No nível da escola

Nesse nível, Gary Hartzell considera que a escola paga um alto preço pelo não reconhecimento do trabalho do bibliotecário e chama atenção para o fato de que poucas pessoas na escola percebem isso. Ele mostra que o bibliotecário poderia ajudar em vários aspectos da vida escolar e exemplifica com os seguintes: participar das reformas curriculares, ajudar em projetos que beneficiem estudantes com problemas de aprendizagem e outros, facilitar e fortalecer a inclusão de professores novatos na escola e melhorar as relações da escola com a comunidade externa.

No nível das políticas educacionais

O desconhecimento do papel do bibliotecário tem também consequências nas políticas educacionais. A biblioteca está sempre ausente dos movimentos de reforma educacional. Isso pode ser percebido nas políticas públicas de educação, que quase sempre ignoram a biblioteca e o bibliotecário.

A invisibilidade do bibliotecário e da biblioteca também pode ser notada em um nível mais popular. Na mídia, em reportagens sobre inovações na educação, por exemplo, a biblioteca raramente aparece – ou aparece timidamente – como algo importante para a aprendizagem. Ora, jornalistas buscam informações em várias fontes e, se não mencionam a biblioteca e o bibliotecário, é porque nenhuma das fontes que utilizaram os mencionaram.

Como as percepções podem ser alteradas

Finalizando sua análise, o autor apresenta a solução que visualiza para o problema. Ele é bastante pessimista e considera que nem o tempo nem as boas práticas têm probabilidade de alterar em curto prazo essa situação. Ele justifica sua opinião com base em pesquisas sobre desenvolvimento organizacional que provam que "acreditar é ver", apresentando estudos sobre a formação de crenças e atitudes que mostram que as pessoas raramente procuram –

ao contrário, em geral elas ignoram – evidências opostas às suas crenças. Os preconceitos normalmente ditam o tipo de informação em que as pessoas prestam atenção, pois esses preconceitos orientam uma busca de informação que as pessoas costumam fazer para esclarecer determinado assunto ou situação. O resultado é que as pessoas geralmente selecionam, interpretam e recordam apenas aquelas informações que estejam de acordo com as crenças e teorias com as quais já têm familiaridade. Além disso, as pessoas são propensas a aceitar facilmente, e de forma pouco crítica, as informações em que acreditam. Por outro lado, só aos poucos acabam reconhecendo e aceitando informações que contrariam suas convicções. Em resumo, Gary Hartzell considera que nem mesmo a atuação de um bom bibliotecário poderá alterar a percepção arraigada dos diretores. Acha que o pior é que essas concepções arraigadas e baseadas em estereótipos fazem com que os diretores nunca possibilitem ao bibliotecário a oportunidade de mostrar seu potencial.

A única maneira de mudar a percepção dos diretores, segundo ele, é através de ações diretas, repetidas e vindas de diferentes direções. Essa mudança tomará tempo, esforço e comprometimento. Enquanto isso, as percepções limitadas relatadas pelo autor é que orientarão as relações da maioria dos diretores de escola com o bibliotecário.

Referências do artigo original

BELL, M.; TOTTEN, H. L. Cooperation in Instruction Between Classroom Teachers and School Library Media Specialists: A Look at Teacher Characteristics in Texas Elementary Schools. *School Library Media Quarterly*, v. 20, n. 2, p. 31-38, 1992.

BUCHANAN, W. C. The Principal and Role Expectations of the School Library Media Specialist. *Clearing House*, v. 55, n. 6, p. 253-255, 1982.

BURDEN, P. R. Career Ladders: Retaining Academically Talented Teachers. In: JOHNSON, H. C. (Ed.). *Merit, Money and Teachers' Careers*. New York: University Press of America, 1985. p. 197-207.

CAMPBELL, J. M. *Principal-School Library Media Relations as Perceived by Selected North Carolina Elementary Principals and School Library Media Specialists*. Tese (Doutorado). University of North Carolina, 1991.

CAVILL, P. Saying Farewell to Miss Prune Face: or, Marketing School Library Services. *Emergency Librarian*, v. 14, n. 5, p. 9-13, 1996.

DORRELL, L. D.; LAWSON, V. L. What are Principals' Perception of the School Library Media Specialist? *NASSP Bulletin*, v. 79, n. 573, p. 72-80, 1995.

FEIMAN-NEMSER, S.; FLODEN, R. E. The Cultures of Teaching. In: WITTROCK, M. C. (Ed.). *Handbook of Research on Teaching*. 3. ed. New York: Macmillan, 1986.

FELDMAN, D. C. A Contingency Theory of Socialization. *Administrative Science Quarterly*, v. 21, p. 433-452, 1976.

FISHER, C. D. Organizational Socialization: an Integrative Review. In: ROWLAND, K. M.; FERRIS, G. R. (Ed.). *Research in Personnel and Human Resource Management: a Research Annual*. Greenwich, CT.: JAI Press, 1986.

FRIEND, M.; COOK, L. *Interactions: Collaboration Skills for School Professionals*. New York: Longman, 1992.

GABARRO, J. J. The Development of Trust, Influence and Expectations. In: ATHOS, A. G.; GABARRO, J. J. (Ed.). *Interpersonal Behavior: Communication and Understanding in Relationships*. Englewood Cliffs, NJ: Prentice-Hall, 1978. p. 290-303.

GABARRO, J. J. The Development of Working Relationships. In: GALEGHER, J.; KRAUT, R. E. (Ed.). *Intellectual Teamwork: Social and Technological Foundations of Cooperative Work*. Hillsdale, NJ: Erlbaum, 1990. p. 79-110.

GETZ, E. *Inservice and preservice Teachers' Attitudes towards Working Cooperatively with School Librarians*. Tese (Doutorado). University of Pittsburg, 1992.

GOOD, D. Individuals, Interpersonal Relations, and Trust. In: GAMBETTA, D. (Ed.). *Trust: Making and Breaking Cooperative Relations*. New York: Blackwell, 1998. p. 31-48.

GRIMES, A. J. Authority, Power, Influence and Social Control: A Theoretical Synthesis. *Academy Management Review*, v. 3, p. 724-735, 1978.

HAMBLETON, A. E.; WILKINSON, J. P. The Role of the School Library in Resource-Based Learning. *SSTA Research Center Report*, 2001.

HAYCOCK, K. Research in Teacher-Librarianship and the Institutionalization of Change. *School Library Media Quarterly*, v. 23, n. 4, p. 227-233, 1995.

HERRIN, B.; POINTON, L. R.; RUSSELL, S. Personality and communications behaviors of model school library specialists. *In*: LOERTSCHER, D. V. (Ed.). *Measures of excellence for school library media center*. Englewood, CO.: Libraries Unlimited, 1988. p. 69-90.

JACOBSON, S. L. The Distribution of Salary Increments and its Effect on Teacher Retention. *Educational Administration Quarterly*, v. 24, n. 1, p. 178-199, 1988.

KIPNIS, D. *The Powerholders*. Chicago, IL.: University of Chicago Press, 1976.

LAND, M. Librarians' Images and Users' Attitudes to Reference Interviews. *Library Journal*, v. 45. n. 1, p. 15-20, 1988.

McNEIL, L. M. *Contradictions of Control: School Structure and School Knowledge*. New York: Routledge & Kegan Paul, 1988.

MURNANE, R. J. Understanding Teacher Attrition: In: Teaching in the Eighties: a Need to Change. Cambridge, MA.: Harvard Educational Review, 1987.

PACKARD, J. S. *et al*. *Management Implications of Team Teaching: Final Report*. Eugene, O.R.: University of Oregon, Center for Educational Policy and Management, 1978.

PARKS, M. Interpersonal Communication and the Quest for Personal Competence. *In*: KNAPP, M.; MILLER, G. (Ed.). *Handbook of Interpersonal Communication*. Beverly Hills, CA.: Sage, 1985. p. 171-201.

PENNOCK, R. Trading Places: a Librarian's Route to the Principal's Office. *School Library Journal*, v. 35, n. 1, p. 117-119, 1988.

PFISTER, F. C. Library Media Specialists: What Role Should They Play? *In*: LOERTSCHER, D. V. (Ed.). *School Library Media Centers: Research Studies and the State-Of-The-Art*. Syracuse, NY.: ERIC Clearinghouse on Information Resources, 1980. p. 31-40.

ROSENHOLTZ, S. J. *Teachers' Workplace: the Social Organization of Schools*. New York: Longman, 1989.

SARASON, S. B. *The Culture of the School and the Problem of Change*. 2. ed. Boston, MA.: Allyn and Bacon, 1982.

SILVER, L. R. Deference to Authority in the Feminized Professions. *School Library Journal*, v. 34, n. 5, p. 21-27, 1988.

STERN, D. Compensation for Teachers. In: ROTHKOPF, E. Z. (Ed.). *Review of Research in Education*. Washington, DC.: American Educational Research Association, v. 13, 1986.

SWANSON, B. A. G. *Competencies for Public School Library Media Specialists*. Tese (Doutorado), East Texas State University, 1988.

TAYLOR, J.; BRYANT, M. Performance-Based Evaluation and the school Library Media Specialist. *NASSP Bulletin*, v. 80, n. 581, p. 71-78, 1996.

TAYLOR, S. E.; BROWN, J. D. Illusion and Well-Being: a social Psychological Perspective on Mental Health. *Psychological Bulletin*, v. 103, p. 193-210, 1988.

TETLOCK, P. Accountability: the Neglected Context of Judgment and Choice. *In*: CUMMINGS, L. L.; STAW, B. (Ed.). *Research in Organizational Behavior*. Greenwich, CT.: JAI Press, 1985. v. 7, p. 297-332.

VELTZE, L. School Library Media Program Information in the Pricipalship Preparation Program. In: SMITH, J. B.; COLEMAN, J. G. (Ed.). *School Library Media Annual*. Englewood, CO.: Libraries Unlimited, 1992. v. 10, p. 129-134.

WHITE, R. W. Motivation Reconsidered: the Concept of Competence. *Psychological Review*, v. 66, n. 5, p. 297-333, 1959.

WILSON, P. J.; BLAKE, M. The Missing Piece: a school Library Media Center Component in Principal-Preparation Programs. *Record in Educational Leadership*, v. 12, n. 2, p. 65-68, 2001.

Capítulo 4
Elementos que favorecem a colaboração entre bibliotecários e professores

A literatura sobre biblioteca escolar, sobretudo aquela relacionada à sua dimensão pedagógica, tem mostrado com muita clareza que a colaboração entre professor e bibliotecário é essencial para o desempenho da função educativa do bibliotecário. Na verdade, já há consenso de que a contribuição do bibliotecário para a aprendizagem dos estudantes só é possível se ele trabalha junto com o professor, havendo inclusive evidências de que essa colaboração tem influência positiva na aprendizagem.

Foi a partir desse contexto que três pesquisadoras australianas, Kirsty Williamson, Alyson Archibald e Joy McGregor,[13] decidiram investigar em profundidade de que maneira professores e bibliotecários trabalhavam juntos durante o processo de pesquisa escolar. As autoras

---

[13] WILLIAMSON, K.; ARCHIBALD, A.; McGREGOR, J. Shared Vision: a Key to Successful Collaboration. *School Libraries Worlwide*, v. 16, n. 2, p. 16-30, 2010. **Kirsty Williamson, Alyson Archibald e Joy McGregor** são professoras do curso de formação de bibliotecários para bibliotecas escolares, na School of Information Studies da Charles Sturt University, na Austrália. Kirsty Williamson é também diretora de um grupo de pesquisa chamado Information and Telecommunications Needs Research (<http://infotech.monash.edu/research/groups/itnr/>). Juntas, as três pesquisadoras têm realizado diversos estudos sobre plágio em educação.

sabiam que, embora essa colaboração seja considerada muito importante, na prática ela tem ocorrido com pouca frequência. Alguns estudos a respeito do assunto concluíram que era muito baixo o grau de colaboração nas atividades em que professores e bibliotecários precisavam trabalhar em conjunto, para definir objetivos, planejar estratégias didáticas, ensinar e avaliar unidades completas do programa escolar.

A pesquisa de Kirsty Williamson, Alyson Archibald e Joy McGregor sobre colaboração bibliotecário/professor, aqui descrita, foi um desdobramento do projeto mais amplo que elas vinham realizando em escolas de ensino médio da Austrália, com o objetivo investigar a questão do plágio no uso de informações. Neste projeto, denominado Smart Information Use (Uso Inteligente de Informações), as pesquisadoras trabalhavam junto com professores e bibliotecários a fim de desenvolver estratégias didáticas que ajudassem a evitar a prática do plágio pelos alunos e que propiciassem aprendizagem significativa.[14] Durante o desenvolvimento deste projeto, as pesquisadoras australianas perceberam que a questão da colaboração bibliotecário/professor tinha uma influência positiva no sucesso das estratégias didáticas utilizadas. Decidiram então explorar separadamente essa questão.

O projeto Smart Information Use era desenvolvido em quatro escolas (uma pública e três particulares),

---

[14] Os objetivos específicos do projeto Smart Information Use eram: verificar como os alunos entendiam o plágio; explorar a ligação entre esses entendimentos e a extensão do plágio em seus trabalhos escolares; analisar as atitudes dos alunos no processo de encontrar e utilizar informações e de aprender, relacionando essas atitudes à sua compreensão, ao seu reconhecimento e à sua prática de plagiar; investigar a compreensão de professores e bibliotecários sobre o plágio, a fim de estabelecer um consenso acerca do significado da expressão, do ponto de vista das equipes pedagógicas; estabelecer uma definição de plágio com base em análise ético-filosófica.

envolvendo professores de oito séries do ensino médio, com alunos de 12 a 18 anos, das seguintes matérias: ciências, história, inglês e informática, além dos bibliotecários dessas escolas. O projeto previa que, durante a realização de uma pesquisa escolar solicitada pelos professores, os alunos receberiam orientação para aprenderem habilidades de busca e uso de informações e, ao mesmo tempo, seriam auxiliados a evitar a cópia, passando a interpretar e a fazer conexões entre os textos lidos, gerando significados e elaborando seus próprios textos.

Ao longo do desenvolvimento das tarefas pelos alunos, as pesquisadoras perceberam que houvera um alto grau de colaboração entre professores e bibliotecários. Elas observaram que, nas quatro escolas, eles trabalharam juntos, com êxito, no planejamento e na avaliação das atividades didáticas, dividindo-as de acordo com as competências de cada um: os professores ficavam responsáveis pelo ensino do conteúdo programático e os bibliotecários pelo ensino de habilidades informacionais necessárias para os alunos completarem o projeto. As pesquisadoras acreditavam que essa colaboração tivesse sido um dos fatores que contribuíram, em maior ou menor grau, para o êxito da aprendizagem em todas as escolas e queriam aprofundar a compreensão de quais elementos ou fatores relacionados à colaboração haviam contribuído para o sucesso dos projetos.

Embasamento conceitual

A definição de colaboração que embasou a pesquisa de Kirsty Williamson, Alyson Archibald e Joy McGregor veio de um trabalho publicado em 2005 por Patrícia Montiel-Overall, professora na School of Information Resources and Library Science da Universidade do Arizona

(EUA), que tem realizado estudos muito interessantes sobre o tema. Ela define a colaboração bibliotecário/professor como uma relação de trabalho, baseada na confiança entre dois ou mais participantes envolvidos no planejamento, na criação e na avaliação de estratégias didáticas destinadas a aperfeiçoar a aprendizagem dos alunos em todas as áreas curriculares. Através de visão, ideias e objetivos compartilhados, esses participantes criam conjuntamente oportunidades de aprendizagem, que integram o ensino dos conteúdos curriculares e de habilidades informacionais.

Outro trabalho de Patrícia Montiel-Overall, publicado em 2008, que examinou práticas altamente colaborativas de professores e bibliotecários e identificou mecanismos que facilitavam essas práticas na escola, constituiu o embasamento conceitual e apoiou a análise feita pelas pesquisadoras australianas. Do trabalho de Patrícia Montiel-Overall emergiram cinco fatores que influenciaram positivamente a colaboração entre professor e bibliotecário: *cultura escolar, atributos dos colaboradores, comunicação, administração* e *motivação*. Esses fatores constituíram a estrutura conceitual que orientou a análise realizada por Kirsty Williamson, Alyson Archibald e Joy McGregor.

A metodologia do estudo

O embasamento filosófico do estudo foi o que as pesquisadoras australianas chamaram de "tradição interpretativista de pesquisa", cuja origem se encontra no trabalho do filósofo alemão Edmund Husserl. Ao contrário da tradição positivista, a tradição interpretativista de pesquisa busca aproximações metodológicas que enfatizam a importância da interpretação subjetiva dos fenômenos. O estudo foi também baseado no paradigma construtivista que, segundo as autoras, combina com a abordagem construtivista da aprendizagem que, em síntese, considera que as pessoas são construtoras ativas de seu conhecimento. No âmbito da pesquisa científica, os construtivistas enfatizam os ambientes naturais para coletar dados e buscam compreender em profundidade os significados que os participantes têm do fenômeno que está sendo investigado.

A metodologia utilizada foi a pesquisa-ação, a mesma usada por Violet Harada nos estudos descritos no Capítulo 5, a seguir. Coerentemente com os princípios dessa metodologia, Kirsty Williamson, Alyson Archibald e Joy McGregor estudaram situações naturais de aprendizagem (alunos desenvolvendo projetos de pesquisa escolar, orientados por professores e bibliotecários), tentando entender os pontos de vista desses diferentes participantes, para então compreenderem o fenômeno da colaboração. Para coletar dados dos estudantes, nove grupos de discussão foram realizados, formados, cada um, por oito a dez participantes. Os dados dos professores e dos bibliotecários das quatro escolas envolvidas no projeto foram coletados por meio de entrevistas. Nesse artigo, que diz respeito apenas à questão da colaboração, as pesquisadoras analisaram somente os dados das entrevistas.

Os resultados obtidos

Os resultados foram apresentados pelas pesquisadoras divididos nas cinco categorias de Patrícia Montiel-Overall mencionadas acima: cultura escolar, atributos dos colaboradores, comunicação, administração e motivação.

Cultura escolar

É bom lembrar que a existência de uma cultura de colaboração na escola é considerada como pré-requisito para que projetos conjuntos ocorram. Entretanto, no estudo aqui relatado, as pesquisadoras esclareceram que, antes do projeto, em nenhuma das quatro escolas participantes havia uma cultura de colaboração estabelecida, mas apenas casos isolados de trabalho conjunto entre professores e bibliotecários. A colaboração era fragmentada e não havia apoio constante e consistente do diretor para que ela ocorresse.

A conclusão das pesquisadoras foi que o fator catalisador que desencadeou a colaboração entre professores e bibliotecários foi a existência de um objetivo comum, que despertou o interesse de todos os participantes. No caso, esse objetivo comum era o desenvolvimento de estratégias didáticas para evitar o plágio em pesquisas escolares. Eles estavam realmente interessados em descobrir maneiras de orientar os alunos de forma a evitar que eles apenas copiassem trechos que encontravam em suas pesquisas. Este era um tema que os preocupava. Era também considerado importante, pois vinha aparecendo na mídia e era comentado principalmente com relação a alunos de cursos superiores. Como professores de ensino médio, os participantes da pesquisa tinham consciência de que poderiam contribuir para a solução do problema, ajudando os estudantes desde cedo a entender e a evitar o plágio. A vontade dos professores de colaborar foi, segundo os pesquisadores, resultante de sua percepção do valor da atividade para seus alunos. E foi também esse o motivo do apoio do diretor. A participação dos professores e bibliotecários nas reuniões da pesquisa[15] comprovou seu

---

[15] Houve uma reunião em cada escola e duas reuniões gerais com os participantes de todas as quatro escolas.

comprometimento com o projeto, levando-se em conta a distância que muitos tiveram que percorrer para estarem presentes, pois as escolas eram geograficamente distantes umas das outras.

Os bibliotecários tiveram um papel importante no processo; nas quatro escolas participantes foram eles que conseguiram envolver os professores nos projetos. Com entusiasmo e determinação, atraíram os professores e convenceram os diretores a dar seu apoio. Assim, os projetos foram fortemente apoiados pelos diretores, um fator considerado crucial para a prática da colaboração. Um dos bibliotecários participantes declarou, na entrevista, que anteriormente era ele que tinha sempre de se encaixar nas atividades dos professores, e aquela havia sido a primeira vez que os professores eram chamados a participar de um projeto da biblioteca.

Atributos dos colaboradores

Esse fator tem sido considerado muito influente para o sucesso de atividades em colaboração. As pesquisadoras observaram que muitos dos participantes eram dotados de características pessoais como confiança, empatia, respeito, flexibilidade e capacidade de ouvir e compartilhar. Nas entrevistas, embora isso não tenha sido indagado diretamente, muitos bibliotecários comentaram sobre a confiança que sentiram nas interações com os professores. Falaram também sobre os benefícios e o prazer de trabalhar em grupo e sobre como perceberam que faziam isto com competência. Um deles demonstrou que percebeu qualidades em um dos seus parceiros, dizendo que um dos professores tinha a "mente aberta".

Muitos dos professores demonstraram possuir os atributos necessários para o êxito do trabalho em colaboração.

Houve apenas uma exceção em uma das escolas, mas o problema não foi suficiente para diminuir o nível geral de confiança e cooperação presente no decorrer do projeto.

Na conclusão, os pesquisadores ressaltaram a forte liderança dos bibliotecários. Foram eles os principais elementos de ligação entre professores e diretores e a equipe acadêmica, demonstrando possuir qualidades que são consideradas positivas em atividades colaborativas. Dois deles, por exemplo, demonstraram persistência em construir alianças em suas escolas.

Comunicação

Através da revisão de literatura, as pesquisadoras sabiam que entre os requisitos para o êxito da colaboração entre professores e bibliotecários estavam a confiança e a disposição para criar um clima de comunicação aberta e frequente. Alguns autores têm enfatizado a importância de interações informais para propiciar a comunicação efetiva. Em três das escolas pesquisadas, os bibliotecários, no início, trabalhavam em conjunto com apenas um ou dois professores. Em uma delas, dois outros professores se envolveram posteriormente no projeto, demonstrando bom nível de comunicação. Em outra escola, em que houve participação de professores de quatro séries diferentes, os pesquisadores puderam observar de que maneira os vários níveis de comunicação afetaram a qualidade da colaboração. Quando havia limitação de tempo, alguns professores não buscaram alternativas para criar oportunidades de comunicação e isto prejudicou a colaboração. Por outro lado, um dos professores elaborou um cronograma que lhe permitia ficar até mais tarde depois das aulas para conversar com o bibliotecário. Ambos perceberam, e comentaram na entrevista, como este esquema permitiu um momento de descontração, em que faziam um balanço das atividades e planejavam mudanças necessárias.

Administração

Outro aspecto observado pelos pesquisadores era que havia entre os participantes (professores e bibliotecários) clareza de que suas funções no projeto eram diferentes. Eles percebiam suas contribuições peculiares e viam que colaboravam cada um dentro de sua área de competência, mostrando profissionalismo. Embora houvesse uma divisão tradicional de tarefas (os professores envolvidos com os conteúdos do programa e os bibliotecários orientando o processo de pesquisa e ensinando habilidades informacionais) havia também percepção de que essas funções eram complementares. Outra maneira em que o profissionalismo ficou evidente foi com relação aos produtos gerados: um professor produziu, em colaboração com os bibliotecários da escola, um texto para ser apresentado em um congresso, e vários materiais didáticos foram elaborados.

A questão do cronograma e do uso do tempo também foi um fator observado pelos pesquisadores. Esse tipo de projeto, na verdade, já vinha sendo desenvolvido nas escolas, mas no âmbito do *Smart Information Use Project* os horários foram reformulados para incluir as modificações necessárias ao uso de estratégias didáticas mais flexíveis. Um professor declarou ter ficado "meio estressado" por duvidar que os alunos terminassem a tarefa no tempo estipulado. Já os bibliotecários relutavam em forçar o ritmo dos alunos, por acreditarem que eles precisavam de mais tempo para absorver e sintetizar as informações que encontravam. Essas tensões foram solucionadas quando os bibliotecários entenderam que havia necessidade de administrar o tempo e reconheceram que os professores eram os responsáveis por isso.

Motivação

A *motivação*, relacionada à atividade colaborativa entre professores e bibliotecários, resulta da percepção de que essa atividade enseja o próprio desenvolvimento profissional dos participantes, além de ter efeitos positivos nos seus alunos. Em consequência, eles se sentem motivados a aperfeiçoar suas práticas. Na pesquisa, o entusiasmo com o trabalho colaborativo foi palpável, tendo muitos dos participantes relatado que se sentiram "energizados". Um deles declarou que, ao final, se sentiu recompensado, embora, segundo alguns depoimentos, o projeto tenha exigido muito esforço.

Os participantes valorizaram as avaliações e reflexões que tiveram oportunidade de fazer ao longo do processo. Uma das bibliotecárias levantou a questão de que, ao mesmo tempo em que trabalhavam na orientação dos estudantes, as equipes refletiam sobre suas práticas. Ela comentou que quando professores trabalham isolados não costumam aperfeiçoar suas práticas. O trabalho em colaboração, ao contrário, costuma levar a mudanças e aperfeiçoamento, constituindo, portanto, um fator de motivação. Esta é uma característica da pesquisa-ação: ao mesmo tempo que gera conhecimento ela permite aos participantes refletir e modificar suas práticas.

Os participantes comentaram também que os estudantes haviam sido beneficiados com a colaboração entre professores e bibliotecários. Eles observaram várias reações que demonstraram que os estudantes estavam fazendo conexões entre ideias e gerando significado, e não apenas copiando o que encontravam.

Conclusões

Os resultados comprovaram que a existência de uma visão e de um objetivo compartilhados foram os principais elementos para o êxito do trabalho em colaboração. A estrutura conceitual oferecida pelos trabalhos de Patrícia Montiel-Overall, além de outros que escreveram sobre o tema, foram bastante úteis para a compreensão dos elementos que contribuem para a colaboração. Uma conclusão interessante de Kirsty Williamson, Alyson Archibald e Joy McGregor foi que a ênfase em atingir esses requisitos pode fazer o processo de colaboração mais complexo do que é necessário, no caso de haver uma questão que una os interesses da equipe escolar. Em algumas situações, a existência de um objetivo compartilhado é suficiente para desencadear os outros elementos, como aconteceu nesta pesquisa. Pesquisa anterior, conduzida por Ross Todd professor na School of Communication, Information and Library Studies da Rutgers State University of New Jersey e diretor do Center for International Scholarship in School Libraries (CISSL), dos EUA, mostrou que o fator de maior influência em projetos colaborativos é o êxito do primeiro, quando os participantes têm oportunidade de melhorar suas relações e de apreciar as habilidades, competências e contribuições dos parceiros.

Nesta pesquisa, o êxito dos projetos fez com que os bibliotecários tivessem mais visibilidade nas escolas e fossem vistos como peças-chave na aprendizagem, A autoestima deles também aumentou em consequência disso. Os pesquisadores concluíram que a demonstração clara do trabalho colaborativo entre professores e bibliotecários, mesmo que a escola ainda não tenha uma cultura de colaboração, pode ser um fator de estímulo para outros projetos, atingindo todos os professores da escola.

Os bibliotecários foram, sem dúvida, os maiores estimuladores dos projetos, tendo conseguido o aval dos diretores e de outros membros da equipe escolar, como os coordenadores e supervisores. Eles foram considerados como agentes de mudança da cultura escolar e, segundo as pesquisadoras, podiam ser considerados como modelos para os outros membros da equipe pedagógica.

Comentários

No Brasil, as pesquisas sobre a colaboração bibliotecário/professor não alcançaram esse nível de profundidade. Uma abordagem preliminar da questão foi feita no estudo *Letramento informacional no Brasil: práticas educativas de bibliotecários em escolas de ensino básico*.[16] Estabelecendo como uma das categorias de análise a *colaboração do bibliotecário com a equipe pedagógica*, a autora desse estudo verificou que os bibliotecários participantes da pesquisa também reconheciam que, para exercer seu papel educativo de forma adequada, precisavam trabalhar em parceria com a equipe pedagógica e com os professores. Entendiam que a colaboração exigia tempo e energia, mas era fundamental para que as ações da biblioteca se concretizassem, demandando inclusive atitude proativa do bibliotecário, que deveria, ele próprio, iniciar ações de colaboração com os professores. Ao mesmo tempo, os participantes da pesquisa percebiam as dificuldades associadas a essa relação, demonstrando conhecer os aspectos negativos que tradicionalmente a têm permeado.

---

[16] CAMPELLO, B. S. Letramento informacional no Brasil: práticas educativas de bibliotecários em escolas de ensino básico. 2009. Tese (Doutorado em Ciência da Informação) – Escola de Ciência da Informação, Universidade Federal de Minas Gerais, Belo Horizonte, 2009. Disponível em: <http://www.bibliotecadigital.ufmg.br/dspace/bitstream/1843/ECID-7UUPJY/1/tesebernadetesantoscampello.pdf/>. Acesso em 25 ago.2011.

Nesse sentido, viam que os problemas principais eram: desinteresse do professor com relação aos projetos da biblioteca, dificuldade em abrir canais de comunicação com os professores, falhas no conhecimento do professor com relação à biblioteca e à pesquisa escolar, dificuldade do professor em aceitar a participação do bibliotecário em reuniões de equipe.

Apesar disso, os bibliotecários envidavam esforços para que a colaboração ocorresse e relataram as estratégias que utilizavam: tomando a iniciativa, buscavam apoio e parceria desde a fase de planejamento dos projetos, organizavam reuniões de esclarecimento, mas usavam também estratégias menos formais (conversa no café, por exemplo), tratavam os professores como parceiros, aceitando suas sugestões. Alguns bibliotecários mencionaram que haviam realizado eventos direcionados aos professores, com o objetivo específico de superar os problemas de colaboração e conseguir sua adesão aos projetos da biblioteca. Os resultados desses esforços mostraram ser positivos: foram relatados casos de professores que tomavam a iniciativa de procurar a biblioteca para elaborarem projetos didáticos em parceria.

Para analisar o nível em que a colaboração bibliotecário/professor ocorria, a pesquisadora utilizou como referencial teórico um modelo desenvolvido anteriormente por Patrícia Montiel-Overall (2005), que definiu quatro níveis em que a colaboração pode ocorrer.

- *Coordenação* – constitui o nível de colaboração menos intenso, requerendo pouco envolvimento entre bibliotecário e professor. Ocorre quando eles precisam organizar ou sincronizar atividades e eventos, planejando horários, definindo locais e regulando o fluxo das atividades. A pesquisa feita no Brasil revelou que este primeiro nível de

colaboração ocorria, por exemplo, durante a organização e implementação de eventos e projetos da escola, que envolviam, em algum momento, a participação do bibliotecário.
- *Cooperação* – neste nível, a intensidade de colaboração aumenta. Bibliotecário e professor trabalham juntos para ampliar as oportunidades de aprendizagem dos alunos, cooperando em projetos ou em tópicos do programa, dividindo tarefas, contribuindo cada um com sua competência para que a atividade tenha êxito. Os bibliotecários participantes da pesquisa se encaixavam neste nível nas ocasiões em que o professor ia à biblioteca antes de iniciar um projeto, para informar ao bibliotecário sobre atividades que iriam requerer o uso de material da biblioteca. O bibliotecário, por sua vez, verificava a existência de fontes adequadas, numa ação de apoio ao trabalho do professor.
- *Instrução integrada* (*integrated instruction*) – aqui o nível de colaboração é maior. Há mais envolvimento e comprometimento do professor e do bibliotecário, pois eles trabalham juntos para planejar, implementar e avaliar atividades conjuntas, que têm objetivos comuns e compartilhados. Na pesquisa feita no Brasil, verificou-se que, em alguns casos, o bibliotecário colaborava com os professores no desenvolvimento de atividades que integravam competências específicas de ambos, ocorrendo principalmente em atividades de orientação de pesquisa escolar, em que o bibliotecário trabalhava lado a lado com o professor, contribuindo com sua competência informacional para enriquecer a aprendizagem.
- *Currículo integrado* (*integrated curriculum*) – neste nível, as atividades da biblioteca são integradas ao

currículo da escola. O bibliotecário interage com todos os professores, participa do planejamento curricular, envolve-se com a direção da escola, para garantir não só recursos para o desenvolvimento das atividades, mas também um clima propício para o trabalho colaborativo. Este nível profundo de colaboração não foi verificado na pesquisa feita no Brasil.

Entretanto, ela confirmou a preocupação dos bibliotecários com a colaboração e mostrou que eles estão dando passos em direção a níveis de colaboração mais intensos. Revelou ainda um aspecto positivo da questão, ao identificar a liderança do bibliotecário – presente também no estudo das pesquisadoras australianas – ao buscar e encorajar o trabalho em equipe e superar dificuldades, contribuindo para criar uma cultura de colaboração na escola.

Referências do artigo original

BRANCH, J. A Teacher-Librarian Understands the Joys and Pitfalls of Collaboration. *School Libraries in Canada*, v. 25, n. 2, p. 23-34, 2005.

BRUNER, J. *Beyond the Information Given: Studies in the Psychology of Knowing*. New York: W.W. Norton, 1973.

DEWEY, J. *Democracy and Education*. New York: MacMillan Publishing, 1944.

GIBSON-LANGFORD, L. Collaboration: Force or Forced? Part 1. *Scan*, v. 26, n. 4, p. 19-25, 2007.

GIBSON-LANGFORD, L. Collaboration: Force or Forced? Part 2. *Scan*, v. 27, n. 1, p. 31-37, 2008.

GLESNE, C. *Becoming Qualitative Researcher: an Introduction*. 2. ed. New York: Longman, 1999.

HAY, L.; HENRI, J. Leadership for Collaboration: Making Vision Work. In: IFLA COUNCIL AND GENERAL CONFERENCE, 61, Istanbul, 1995. IFLA, 1995. Retrieved August 5, 2009.

HAYCOCK, K. Collaboration: Critical Success Factors for Student Learning. *School Libraries Worldwide*, v. 13, n. 1, p. 25-35, 2007.

JONASSEN, D. H. *Learning with Technology: a Constructivist Perspective*. Upper Saddle River, NJ: Merrill, 1999.

LINDSAY, K. Teacher/Teacher-Librarian Collaboration: a Review of the Literature. *School Libraries in Canada*, v. 25, n. 2, p. 8-21, 2005.

MILLS, B. Teachers and Teacher Librarians: Planning Outcomes Co-Operatively. *Access*, v. 15, n. 3, p. 23-28, 2001.

MONTIEL-OVERALL, P. Toward a Theory of Collaboration for Teachers and Librarians. *School Library Media Research*, v. 8, 2005. Disponível em: <http://www.ala.org/ala/mgrps/divs/aasl/aaslpubsandjournals/slmrb/slmrcontents/volume82005/theory.cfm/>. Acesso em: 25 ago. 2011.

MONTIEL-OVERALL, P. Teacher and Librarian Collaboration: a Qualitative Study. *Library and Information Science Research*, v. 30, n. 2, p. 145-155, 2008.

OBERG, D. Principal Support: What does it Mean to Teacher-Librarians? In: CLYDE, L. A. *Sustaining the Vision: a Collection of Articles and Papers on Research in School Librarianship*. Worcester: Worcester College of Higher Education, 1995. p. 17-25.

OBERG, D. The School Library and the Culture of the School. In: HAYCOCK, K. (Ed.). *Foundations of Effective School Library Media Programs*. Englewood, CO: Libraries Unlimited, 1999. p. 41-47.

RAMSEY, J.; DE PALMA, L.; HOLMAN, M. Partnerships in Progress Help Build Information Literacy. *Access*, v. 18, n. 3, p. 17-21, 2004.

SMALL, R. V. Developing a Collaborative Culture. *School Library Media Research*, v. 4, 2001. Disponível em: <http://www.ala.org/ala/mgrps/divs/aasl/aaslpubsandjournals/slmrb/editorschoiceb/bestoferic/besteric.cfm#developing/>. Acesso em: 25 ago. 2011.

TODD, R. WWW, Critical Literacies and Learning Outcomes. *Teacher Librarian*, v. 26, n. 2, p. 16-21, 1998.

TODD, R. The Dynamics of Classroom Teacher and Teacher Librarian Instructional Collaborations. *Scan*, v. 27, n. 2, p. 19-28, 2008.

WILLIAMSON, K. *Research Methods for Students and professionals: Information Management and Systems*. 2. ed. Wagga Wagga, NSW: Centre for Information Studies, Charles Sturt University, 2002.

WILLIAMSON, K.; ARCHIBALD, A.; McGREGOR, J. Information Seeking and Use by Secondary Students: the link Between Good Practice and the Avoidance of Plagiarism. *School Library Media Research*, v. 10, 2007. Disponível em: <http://www.ala.org/ala/mgrps/divs/aasl/aaslpubsandjournals/slmrb/slmrcontents/volume10/williamson_informationseeking.cfm/>. Acesso em: 25 ago. 2011.

WILLIAMSON, K.; ARCHIBALD, A.; McGREGOR, J. Assisting Students to Avoid Plagiarism: Part 1: The Instructional Practice Approach. *Access*, v. 23, n. 3, p. 19-25, 2009.

WILLIAMSON, K.; ARCHIBALD, A.; McGREGOR, J. Assisting Students to Avoid Plagiarism: Part 2: The Inquiry Learning Approach. *Access*, v. 24, n. 2, p. 21-25, 2010.

CAPÍTULO 5
O trabalho colaborativo entre bibliotecários e professores no desenvolvimento de habilidades informacionais

Esta série de quatro estudos conduzidos por Violet Harada[17] teve como objetivo principal investigar práticas didáticas de professores e bibliotecários em projetos de pesquisa escolar. A pesquisadora partiu de duas questões gerais: de que maneira professores e bibliotecários, como parceiros no processo de ensino, ajudam na aprendizagem dos alunos, especialmente na aprendizagem que envolve busca e uso de informação? E como estes parceiros aperfeiçoam seu conhecimento e suas estratégias para orientar o processo de pesquisa escolar?

Os quatro estudos fundamentaram-se no seguinte princípio: para aperfeiçoar sua prática didática, professores e bibliotecários interessados na aprendizagem dos alunos precisam:

- entender como os estudantes aprendem;
- implementar estratégias didáticas adequadas;

---

[17] HARADA, V. H. Librarians and Teachers as Research Partners: Reshaping Practices Based on Assessment and Refletion. School Libraries Worldwide, v. 11, n. 2, p. 49-74, 2005. Violet Harada é professora do Library and Information Science Program da Universidade do Havaí em Manoa (EUA), onde coordena o curso de especialização em biblioteca escolar. Seus interesses de pesquisa são a busca e o uso da informação por estudantes e a dinâmica de estratégias didáticas colaborativas.

- refletir sobre os resultados obtidos;
- compartilhá-los com os colegas.

Enfim, Violet Harada considera que é no âmbito da prática que os mediadores podem melhorar suas estratégias didáticas.

A metodologia usada para realizar os estudos foi a *pesquisa na prática* que, segundo a autora, é também chamada de *pesquisa-ação*. Ela tem como principal característica o fato de que os sujeitos – neste caso, bibliotecários e professores – participam ativamente do processo, junto com a pesquisadora acadêmica, refletindo coletivamente sobre sua prática e, ao mesmo tempo, buscando aperfeiçoá-la.

Citando um artigo sobre métodos de pesquisa-ação, de Jane E. Koblas, publicado em 1997, a pesquisadora descreveu os pontos-chave desta metodologia:

- definição clara do problema ou situação a ser estudada;
- escolha de ações ou intervenções apropriadas com base na definição do problema;
- identificação de técnicas para coleta dos dados;
- implementação do ciclo planejamento-ação-avaliação.

A pesquisadora chama atenção para o fato de que esses componentes da pesquisa-ação não ocorrem necessariamente nessa ordem. À medida que o processo caminha e eventos não planejados ocorrem, a equipe pode refletir e modificar as ações planejadas.

Nos estudos de Violet Harada, os professores e bibliotecários das escolas pesquisadas – sujeitos da pesquisa – participaram ativamente, refletiram e dialogaram sobre suas práticas, analisando-as à medida que elas ocorriam, esforçando-se para compreendê-las melhor e buscando maneiras de aperfeiçoá-las. A pesquisadora acadêmica atuava em três sentidos:

- ajudando os professores e bibliotecários a explicitar seus conhecimentos tácitos;
- reforçando o valor de suas experiências e ideias;
- auxiliando-os a compartilhar seus conhecimentos e suas compreensões.

Um ponto importante da metodologia de pesquisa na prática, segundo Violet Harada, é que ela é transformadora, isto é, os sujeitos aprendem durante o processo, ao refletir criticamente sobre sua ação pedagógica, ao negociar interpretações, ao validar significados com base em conceitos. Como resultado, eles se tornam capazes de elaborar estruturas conceituais, alterar pontos de vista e modificar hábitos. E, a partir disso, podem mudar e aperfeiçoar sua prática.

Contexto

Os estudos de Violet Harada foram realizados em quatro escolas de ensino fundamental do estado do Havaí (EUA). O objetivo era observar e refletir sobre as estratégias didáticas que as professoras e bibliotecárias utilizavam quando os alunos tinham que fazer trabalhos de pesquisa escolar. Em todas as quatro escolas as mediadoras estavam buscando implementar a *abordagem de processo* na pesquisa escolar e tentavam levar os estudantes a refletirem sobre sua aprendizagem. A *abordagem de processo* da pesquisa é um conceito desenvolvido por Carol Kuhlthau, que prevê a mediação e a orientação constantes feitas pelo professor e pelo bibliotecário. De acordo com esse modelo, a pesquisa ocorre em estágios, cada um deles marcado por pensamentos, sentimentos e ações peculiares. (Ver a síntese do modelo no Anexo da página 116).

Embora os problemas de cada escola onde ocorreram os estudos fossem diferentes, pode-se perceber que todos os bibliotecários e professores envolvidos estavam interessados em entender o que acontecia com os estudantes durante o processo de pesquisa escolar e desejavam aperfeiçoar suas estratégias didáticas para ajudá-los a aprender com esse processo.

Primeiro estudo

Quadro 1
Características do primeiro estudo

Questões de pesquisa	Nº de alunos envolvidos	Idade dos alunos	Tempo de duração da pesquisa	Participantes
Que estratégias didáticas podem ser eficientes para os estudantes entenderem o processo de pesquisa escolar? Como fazer os estudantes entenderem a importância de avaliar o processo?	51 alunos (2 turmas)	9 a 10 anos	10 semanas	Uma bibliotecária e duas professoras

No primeiro estudo, cujas características principais são apresentadas no quadro acima, a bibliotecária e as duas professoras participantes já vinham trabalhando juntas para desenvolver habilidades informacionais nos estudantes. Entretanto, a bibliotecária sentia que, no desenvolvimento de projetos de pesquisa escolar, os alunos não estavam definindo bem o foco e nem planejando o trabalho, além de não perceberem a necessidade de avaliar o processo pelo qual passavam. Ela buscou comprovar essa suposição aplicando um teste em que pediu aos estudantes que identificassem habilidades necessárias para elaborar uma pesquisa. Os resultados confirmaram as deficiências acima citadas. A partir daí, as três planejaram um projeto para cada turma: um sobre *Interdependência numa floresta tropical* e o outro sobre *Conflitos mundiais*. Os produtos seriam, respectivamente, a representação de um ecossistema da floresta tropical e a elaboração de um *site* sobre conflitos mundiais.

Durante a fase de planejamento, cada professora se reuniu com a bibliotecária durante seis horas e, no meio e no final dos projetos, durante duas horas. Além desses encontros formais, houve conversas informais, tanto pessoalmente quanto por telefone e *e-mail*. As três se reuniram com a pesquisadora acadêmica na fase de planejamento e durante o desenvolvimento dos projetos.

No desenvolvimento dos projetos, metade do tempo foi usada para orientação dos alunos na biblioteca, quando a bibliotecária dava aulas de 45 minutos, duas vezes por semana, sobre definição do foco, planejamento da pesquisa e coleta de informações. As professoras se encarregaram de dar orientação no estágio inicial dos projetos e durante a fase de elaboração dos produtos finais das pesquisas dos alunos.

Os dados foram coletados pela pesquisadora por meio de:

- observações de algumas das atividades que ocorreram na biblioteca;
- anotações feitas pela bibliotecária e pelas professoras;
- entrevista com as três mediadoras.

A análise dos dados revelou o uso de várias estratégias didáticas: mapas conceituais, diários, definição de critérios para avaliar as anotações feitas pelos estudantes e os produtos finais. Reuniões para orientar os estudantes ocorreram com frequência ao longo do processo.

Terminados os projetos, a bibliotecária aplicou aos alunos um teste similar ao primeiro e constatou que 95% dos alunos percebiam agora a importância de explorar informações antes de definir o foco da pesquisa e todos disseram que tanto o processo quanto o produto tinham de ser avaliados. Além deste, os seguintes resultados foram observados:

- A combinação de orientação, *feedback* imediato e conversas/reuniões foi considerada pelos alunos como muito efetiva para o bom resultado do trabalho. Os estudantes sentiram que a orientação individual ajudava-os a pensar sobre o que estavam fazendo e a interpretar e organizar as informações que encontravam. As professoras sabiam que a estratégia de orientação individual era muito trabalhosa e consumia tempo, e perceberam a importância da participação da bibliotecária, que permitiu que o tempo para orientação fosse dividido entre as mediadoras.

- Os diários mantidos pelos estudantes mostraram que, para eles, *pensar em voz alta* era novidade, e que perceberam a importância dessa estratégia. As anotações da pesquisadora confirmaram que a estratégia de conversar – tanto com as mediadoras quanto com os próprios colegas – sobre os problemas que surgem durante o processo, ajuda a clarear as ideias.

- Tanto as mediadoras quanto os estudantes entenderam a importância de elaborar e explicitar critérios de avaliação, o que aumentou a confiança dos alunos em realizar as tarefas, pois sabiam o que era esperado deles.

- A natureza recursiva do processo de pesquisa foi notada tanto pelos estudantes quanto pelas mediadoras. Alguns alunos revelaram que mudaram o foco de sua pesquisa quando, por exemplo, não encontraram informações suficientes e que, ao perceberem que faltava informação quando já estavam preparando a apresentação, voltaram ao estágio de coleta de informações.

Segundo estudo

Quadro 2
Características do segundo estudo

Questões de pesquisa	N° de alunos envolvidos	Idade dos alunos	Tempo de duração da pesquisa	Participantes
Que compreensões e dificuldades os estudantes expressam quando trabalham com diários para registrar impressões durante o processo de pesquisa escolar? Como o diário ajuda na aprendizagem?	17 alunos (1 turma)	10 a 11 anos	12 semanas	Um bibliotecário e um professor

A bibliotecária que participou do segundo estudo já trabalhava colaborativamente com muitos dos professores da escola e estava especificamente interessada em examinar o uso da técnica do diário como meio de conscientizar os estudantes sobre o processo de pesquisa escolar.

Para este estudo, ela convidou uma professora e as duas planejaram dois projetos: um sobre *Como a geografia influencia uma cultura* e outro sobre *Heróis na história*, a serem realizados consecutivamente. Ao final do primeiro projeto, os alunos deveriam elaborar pôsteres a serem exibidos na biblioteca, e, do segundo, entrevistas simuladas e folhetos com seus heróis favoritos.

As reuniões da bibliotecária com a professora, para planejamento e acompanhamento dos projetos, aconteciam enquanto os alunos estavam tendo aulas de educação física com outro professor.

No projeto de Geografia, a bibliotecária planejou e conduziu 24 aulas formais, ensinando os alunos a explorar informações para conhecer melhor o assunto, a definir o foco, a buscar informações e a fazer anotações. No projeto sobre *Heróis na história*, que ocorreu em seguida, os alunos trabalharam de forma mais independente e as mediadoras apenas os orientavam e davam apoio quando necessário. Eles iam à biblioteca pelo menos três vezes por semana, permanecendo ali, em cada ida, por cerca de uma hora.

Cada estudante fez 26 anotações no seu diário. Essas anotações foram analisadas, usando-se um esquema apresentado por Jana Staton e colaboradores no livro *Dialogue Journal Communication: Classroom, Linguistic, Social and Cognitive Views*. O esquema baseia-se na ideia de que, quando os estudantes detêm o controle sobre o que escrevem, quando têm objetivos genuínos para escrever e contam com uma audiência real para comunicar o que escrevem, sua escrita constitui uma rica fonte de informação sobre como eles pensam, como gerenciam suas interações sociais e como usam a linguagem com competência para realizar suas ações. O diário tem essas características e constitui, portanto, excelente fonte de dados para análise.

As anotações relativas ao domínio afetivo foram analisadas com base no modelo de Carol Kuhlthau (Ver a síntese do modelo no Anexo na página 116).

Além dos diários, outros dados foram coletados por meio de anotações feitas pela bibliotecária, de observação das aulas na biblioteca e de entrevistas feitas pela pesquisadora acadêmica com as duas mediadoras – a bibliotecária e a professora.

A análise dos dados mostrou que:

- Os estudantes não entenderam muito bem o objetivo do primeiro trabalho (*Como a geografia influencia uma cultura*). Para resolver este problema, a bibliotecária levou-os a refletir sobre o processo, apresentando anotações tiradas dos diários. Com relação ao segundo trabalho (*Heróis na história*), houve mais tempo para orientação e, assim, os estudantes tiveram maior compreensão de aspectos importantes do processo de pesquisa.

- Nos dois trabalhos, o aspecto afetivo foi similar ao modelo de Carol Kuhlthau: no estágio de exploração houve apreensão, frustração e desorientação; após a definição do foco, os alunos mostraram-se otimistas e confiantes quando encontravam informações adequadas, ou desanimados quando não encontravam. Ao terminarem de fazer os folhetos com seus heróis favoritos, ficaram felizes e aliviados. Os mediadores entenderam esses sentimentos como parte integrante do processo. O diário foi considerado excelente meio de registro de experiências, pois, como não era um instrumento de avaliação, os estudantes se sentiram seguros e à vontade para registrar suas impressões.

- As anotações dos diários mostraram também que cada estudante percebia o processo de modo diferente. Isso possibilitou um acompanhamento individualizado, correspondente ao nível de desenvolvimento de cada estudante.

- Como nunca tinham usado diários, os estudantes precisaram aprender a fazer as anotações e demandaram mais tempo para isso. Comentando sobre a importância de manter o diário, os alunos mostraram que percebiam que podiam explicar o que estavam aprendendo e também que era uma experiência que poderiam transferir para outras situações semelhantes de aprendizagem.
- O papel do orientador assumiu uma dimensão mais rica quando as mediadoras perceberam que o diálogo positivo e construtivo reforçava o desempenho dos alunos. Nesse diálogo, as mediadoras continuamente prestavam esclarecimentos e faziam observações, estimulando o pensamento e a reflexão sobre novas maneiras de abordar a busca de informações para solucionar problemas.

Terceiro estudo

Quadro 3
Características do terceiro estudo

Questões de pesquisa	Nº de alunos envolvidos	Idade dos alunos	Tempo de duração da pesquisa	Participantes
Como alunos de educação infantil demonstram compreensão da pesquisa por questionamento? Como é possível estimular tal compreensão?	3 alunos	5 anos	4 semanas	Um bibliotecário e um professor

No terceiro estudo, a bibliotecária da escola e uma professora de educação infantil queriam entender como poderiam envolver crianças pequenas em um projeto de pesquisa por questionamento.

Diferentemente dos outros estudos, em que os temas dos projetos foram retirados dos programas das disciplinas, neste as mediadoras queriam trabalhar um assunto escolhido pelas próprias crianças. A oportunidade surgiu quando uma delas descobriu um inseto estranho no pátio da escola. A professora então convidou voluntários para serem "detetives" neste projeto. Três alunos aceitaram o desafio e conduziram a investigação, mantendo a classe informada sobre seu andamento.

Durante o desenvolvimento do projeto, a bibliotecária ajudou-os na busca de informações, orientando-os, por exemplo, a procurar um entomologista quando eles não conseguiram encontrar informações para identificar o inseto. O produto final do projeto foi um vídeo de um minuto para apresentação para toda a escola. Na elaboração do vídeo os estudantes foram auxiliados, na parte da organização das informações, pela bibliotecária e pela professora e, na parte da montagem, pelo coordenador do setor de audiovisual da escola.

Os dados para análise das situações de aprendizagem foram coletados por meio de anotações sistemáticas feitas pela professora e pela bibliotecária, além de observação, pela pesquisadora acadêmica, de três sessões de trabalho das mediadoras com as crianças. Foram também feitas reuniões da pesquisadora com as mediadoras em quatro estágios do projeto. Essas reuniões foram registradas em fita. Um cronograma do processo de pesquisa elaborado pelas crianças também serviu como dado a ser analisado.

A análise dos dados levou as mediadoras a concluírem que:

- o questionamento é impulsionado pelo desejo de conhecer algo;
- as experiências anteriores dos estudantes devem ser sempre levadas em consideração;
- as suposições que as crianças levantam modelam a pesquisa;
- informações adequadas não são fáceis de serem encontradas;
- o gerenciamento ético da informação é crítico;
- o conhecimento deve ser compartilhado.

Ao final do estudo, foram feitas as seguintes considerações:

- As mediadoras reconheceram a importância de trabalhar com questões que os próprios alunos levantam, argumentando que elas têm o potencial de deixar o objetivo da aprendizagem mais claro para as crianças.
- As questões afetivas estão fortemente ligadas ao aspecto cognitivo. Os alunos expressaram crescente senso de confiança (*empowerment*) à medida que discutiam ideias, selecionavam alternativas e superavam problemas. Tinham orgulho de terem aprendido novas habilidades de uso de tecnologia para encontrar informações e para comunicar os resultados do projeto.
- Ambas as mediadoras – professora e bibliotecária – refletiram sobre seu papel de educadoras, passando a valorizar estilos de intervenção mais facilitadores do que transmissores de informação. Observaram que tiveram condições de proporcionar aos alunos oportunidades de terem espaço e tempo para investigar e fazer perguntas, oferecendo, quando necessário,

sugestões e alternativas, levantando questões que ampliavam as ideias e levavam os estudantes a fazerem conexões com conhecimentos anteriores.

Quarto estudo

Quadro 4
Características do quarto estudo

Questões de pesquisa	N° de alunos envolvidos	Idade dos alunos	Tempo de duração da pesquisa	Participantes
Como a aprendizagem por questionamento pode ser significativa para os estudantes? Como essa estratégia pode influenciar a prática pedagógica?	21 alunos (1 turma)	10 anos	1 semestre	Um bibliotecário e um professor

A ideia para a realização deste estudo começou a se formar quando a bibliotecária da escola – que havia participado de um curso sobre aprendizagem por questionamento ou baseada em solução de problema – quis testar esta estratégia. Ela havia tomado conhecimento dos resultados obtidos no terceiro estudo aqui descrito e queria verificar como esse tipo de aprendizagem poderia ser implementado com alunos mais velhos. Coincidentemente, uma professora de 4ª série estava interessada em mudar a estratégia que utilizava para ministrar uma unidade sobre *Nutrição* que fazia parte de seu programa de ensino. Normalmente, no desenvolvimento dessa unidade, esta professora usava o livro didático da disciplina e, ao final, os alunos tinham que fazer um exercício sobre grupos de alimentos e um trabalho escrito sobre o valor nutritivo de alguns deles.

A bibliotecária então convidou esta professora para trabalharem juntas num projeto que permitisse aos alunos escolherem o que queriam fazer dentro do tema geral de *Nutrição*. O primeiro passo foi uma sessão de *brainstorm*, onde os estudantes levantaram diversas possibilidades, que foram posteriormente discutidas com os pais e colegas. Acabaram votando em um problema que consideraram importante: a necessidade de a escola fornecer refeições mais saborosas e nutritivas. O problema ficou assim definido: elaborar cardápios com pratos saborosos e balanceados. Os dois melhores cardápios seriam entregues ao diretor e ao gerente da lanchonete da escola.

As duas mediadoras (professora e bibliotecária) se reuniram informalmente ao longo de todo o decorrer do projeto para planejar e reestruturar as atividades, tendo sempre em vista que os alunos tinham voz ativa na definição das atividades. Embora tivessem estabelecido diretrizes gerais, precisavam modificar continuamente as tarefas, à medida que o projeto avançava.

A bibliotecária encarregou-se das atividades iniciais, orientando os estudantes na exploração preliminar de informações e, posteriormente, na coleta de informações específicas. A professora se responsabilizou pela orientação na elaboração do produto final. As duas se reuniram com a pesquisadora acadêmica duas vezes por mês, durante o semestre que durou o projeto, para discutir problemas e avanços e para examinar as anotações dos estudantes.

Os dados para análise foram retirados de anotações que os alunos faziam semanalmente e de registros das reuniões feitas pela pesquisadora acadêmica com as mediadoras.

Ao final do estudo as mediadoras chegaram às seguintes compreensões:

- O questionamento ou problema constitui o núcleo do projeto. Com o auxílio das mediadoras, os estudantes definiram o problema e também estabeleceram questões mais específicas que facilitaram a busca de informações sobre o valor nutritivo dos alimentos e a necessidade de refeições saudáveis para os jovens.
- A aprendizagem foi uma experiência social que envolveu a interação dos alunos com colegas, pais e especialistas. O trabalho foi realizado em duplas e os estudantes entrevistaram colegas de outras classes, um nutricionista, o gerente da lanchonete e conversaram com alguns pais sobre comidas típicas feitas em casa.
- Os estudantes aprenderam fazendo. Com orientação, eles próprios planejaram e realizaram o projeto. Para isso, além das entrevistas e conversas acima mencionadas, visitaram supermercados para analisar rótulos de alimentos e fizeram um levantamento para saber quais eram as comidas preferidas dos alunos da escola. Para alcançar o objetivo, tiveram que aprender a determinar questões relevantes a serem exploradas, a resumir e a avaliar as informações que coletaram.
- A avaliação do projeto foi uma experiência compartilhada e contínua entre alunos e mediadoras. Os alunos perceberam que cada atividade realizada ajudava-os a compreender algo e a avançar no projeto. Nas suas anotações e nas discussões, eles propunham questões tais como "O que aprendi com esta tarefa?", "Qual será o próximo passo?", "Que novas questões surgiram na minha cabeça?".

Criaram, com a ajuda das mediadoras, um *checklist* para avaliar os cardápios. Perceberam falhas em seus conhecimentos: por exemplo, quando foram planejar o levantamento para saber sobre as comidas preferidas dos alunos eles descobriram que não conheciam técnicas adequadas. Com orientação, aprenderam a elaborar as perguntas e apurar os dados.

- A aprendizagem por questionamento reforçou o senso de confiança (*empowerment*) dos alunos. O tema do projeto tinha significado para eles. Nas suas anotações, mencionaram que o projeto era diferente de outras atividades escolares. Gostaram da flexibilidade que ele proporcionava, perceberam que, apesar das dificuldades, o trabalho valeu a pena e demonstraram que gostariam de realizar novamente projetos semelhantes.

- Para as mediadoras, a aprendizagem por questionamento significou correr riscos e dividir o controle com os estudantes. Elas entenderam que tinham de seguir as "deixas dos estudantes". Em uma reunião com a pesquisadora acadêmica, a bibliotecária lembrou que havia sido necessário esboçar uma estrutura inicial para o projeto e estabelecer metas básicas para os estudantes. Mas que tinham de estar abertas para escutar o que eles queriam saber e como queriam avançar. Elas tiveram que moderar a tendência, que é normal nos mediadores, de "dirigir", e passaram a "negociar" e a "facilitar". Segundo a bibliotecária, trabalhar dessa forma foi desafiador.

Tendências gerais dos quatro estudos

As discussões da pesquisadora com as mediadoras (professoras e bibliotecárias) mostraram que elas aprenderam com o processo de pesquisa na prática, da mesma forma que os alunos aprenderam com os projetos que desenvolveram durante os estudos. As mediadoras perceberam que estavam aprendendo como participantes de uma comunidade. A pesquisadora acadêmica, Violet Harada, introduziu nessas discussões a noção de dualidade para descrever as questões conflitantes que perpassam a dinâmica das mudanças da prática pedagógica, que são os elementos que provocam novas mudanças. Violet Harada chamou atenção para o fato de que a dualidade precisa ser equilibrada e não eliminada. A análise dos dados em termos de dualidades proporcionou uma perspectiva interessante para caracterizar a dinâmica da comunidade de aprendizagem e suas interações. As dualidades ou tensões descritas a seguir foram identificadas pelas mediadoras.

- A aprendizagem é ao mesmo tempo individual e social.

Uma das bibliotecárias disse que tanto para os alunos quanto para as mediadoras a aprendizagem estava continuamente "em construção nas representações mentais dos indivíduos". Essas representações de aprendizagem individual foram observadas e registradas em muitas situações dos estudos. Ao mesmo tempo, a aprendizagem ocorreu nas interações sociais dos participantes. À medida que os alunos trabalhavam em grupo para resolver problemas e preparar as apresentações dos trabalhos, descobriam o poder de pensar coletivamente. As mediadoras também expressaram esse mesmo sentimento: enfatizaram a necessidade de se criar oportunidades para uma reflexão particular e individual e para o compartilhamento coletivo de ideias.

- A pesquisa por questionamento é ao mesmo tempo linear e recursiva.

As atividades didáticas que ocorreram durante os quatro estudos aqui relatados foram organizadas de forma convencional e linear, começando com o anúncio da tarefa e prosseguindo pelos vários estágios do processo de pesquisa. Entretanto, os dados mostraram que o processo de aprendizagem era mais desordenado, anárquico e mais complexo do que as mediadoras pensavam. Embora o modelo do *processo de busca de informação* de Carol Kuhlthau – que estava sendo utilizado – preveja alguma linearidade (por exemplo, os alunos devem definir o foco antes de começar a coletar informações) isso não ocorreu o tempo todo. Muitos dos alunos tiveram que retornar a estágios anteriores ou saltaram estágios, dependendo da avaliação que fizeram de seu progresso. Os dados confirmaram a natureza complexa da aprendizagem e mostraram que as mediadoras perceberam que tinham de ter objetivos claros e definidos, mas tinham também de ser flexíveis, mudando de acordo com o desempenho dos alunos, apesar de todo o trabalho que isso representava.

- A pedagogia é ao mesmo tempo diretiva e facilitadora.

A pedagogia que Violet Harada chama de *diretiva* caracteriza uma abordagem da aprendizagem mais passiva e receptiva por parte do aluno, ao passo que a pedagogia *facilitadora* caracteriza a aprendizagem ativa e construtiva. As mediadoras estavam continuamente se debatendo para conseguir equilibrar essas duas abordagens. Conceitos que não eram familiares aos alunos requeriam uma abordagem diretiva, por meio de aulas convencionais, onde eram dadas instruções para as tarefas. Entretanto, isso era combinado com atividades práticas orientadas, e com *feedback* aos alunos. Além disso, as mediadoras se preocupavam em despertar antes sua curiosidade sobre as questões que seriam tratadas nas aulas.

- Os conteúdos curriculares a serem ensinados são ao mesmo tempo definidos pelo professor e centrados no aluno.

Ao mesmo tempo em que as mediadoras eram pressionadas para ensinar os conteúdos estabelecidos pelos currículos elas sempre se preocupavam em dar oportunidade para que os estudantes tivessem mais participação. Em duas das escolas que participaram dos estudos de Violet Harada, os temas dos trabalhos foram mais abertos, ou seja, os alunos puderam escolher o que pesquisar. Nas outras duas, os temas foram definidos pelas mediadoras que, entretanto, deram ensejo para que os estudantes formulassem questões, definissem o foco do trabalho e decidissem sobre a forma de apresentação, envolvendo-os nas tomadas de decisões e aumentando sua autoconfiança. Procuravam, assim, manter consistência e, ao mesmo tempo, flexibilizar o processo, ação considerada fundamental para a participação ativa dos estudantes.

- A questão do tempo.

O tempo gasto nas atividades foi considerado um ponto crítico por todas as mediadoras. Havia sempre o desafio de achar tempo para planejar melhor as atividades. Os diretores das escolas foram peças-chave nessa questão. Em uma das escolas, por exemplo, o diretor permitiu a flexibilização do horário da biblioteca e dispensou os professores de acompanhar as aulas de educação física para que pudessem trabalhar no planejamento das atividades. Em outra, o diretor dispensou as professoras de algumas aulas, contratando substitutos e criando, assim, tempo para planejamento. A comunicação por *e-mail* também ajudou a complementar o tempo. Houve, além disso, reuniões no período de férias, tendo uma das professoras afirmado que, mesmo assim, a experiência valeu a pena. O depoimento desta professora refletiu um sentimento generalizado das mediadoras, que não estavam satisfeitas com a maneira como os alunos estavam fazendo pesquisas. Assim, segundo elas, o tempo gasto no planejamento compensou, pois a tendência é que o trabalho se aperfeiçoe com o tempo, ou seja, acaba sendo um investimento a longo prazo.

- A questão da liderança.

Na educação atual já se percebe que a atuação formal do professor em sala de aula pode ser complementada pela ação de outros mediadores, que desempenham papel mais informal. Nos estudos de Violet Harada, os dados mostraram as bibliotecárias exercendo esse papel. Em primeiro lugar, por estarem preocupadas com as questões ligadas à pesquisa escolar, foram elas que tiveram a iniciativa para realização dos estudos aqui descritos e estimularam as professoras a participar. Em segundo lugar, as bibliotecárias se revelaram como facilitadoras do trabalho em colaboração, tomando iniciativas para realizar reuniões com as professoras e conduzindo as discussões. No que diz respeito à prática didática, os dados mostraram que elas usavam elocuções típicas para estimular os estudantes a expressarem suas ideias, tais como: "Fale mais sobre...", "Você pode explicar o que quer dizer com...?", "O que você pensa sobre...?", "Como você se sente sobre...?", "O que podemos concluir...?", "O que aconteceria se...?".

Conclusão

A pesquisadora concluiu que o envolvimento com a aprendizagem fez com que as professoras e bibliotecárias participantes se vissem num espelho e, ao examinarem suas convicções pessoais, ao arriscarem-se a trabalhar coletivamente e ao discutirem suas práticas, perceberam que poderiam modificá-las. No processo de pesquisa participativa, ação e reflexão se alternam e formam o eixo para mudanças e reformas na prática pedagógica. Quando mediadores trazem à tona – seja através da pesquisa na prática ou de outro instrumento de reflexão – questões e problemas que se originam diretamente de suas práticas cotidianas (tanto na sala de aula como na biblioteca) ganham novas compreensões. Ao transformarem essa compreensão em desempenho, ampliam o conhecimento da profissão, num aperfeiçoamento contínuo.

Referências do artigo original

AMERICAN ASSOCIATION OF SCHOOL LIBRARIANS/ ASSOCIATION FOR EDUCATIONAL COMMUNICATIONS AND TECHNOLOGY. *Information Power: Building Partnerships for Learning*. Chicago: American Library Association, 1998.

BARAB, S. A.; BARNETT, M.; SQUIRE, K. Developing an Empirical Account of a Community of Practice: Characterizing the Essential Tensions. *Journal of the Learning Sciences*, v. 11, n. 4, p. 489-542, 2002.

DICKINSON, G. K. From Research to Action in School Library Media Specialists. *North Carolina Libraries*, v. 59, n. 1, p. 15-19, 2001.

DOIRON, R.; DAVIES, J. *Partners in Learning: Students, Teachers, and the school Library*. Englewood: Libraries Unlimited, 1998.

ELLIOTT, J.; ADELMAN, C. Reflecting Where the Actions is: the Design of the Ford Teaching Project. In: O'HANLON,

C. (Ed.). *Professional Development through Action Research in Educational Settings*. London: Falmer, 1996. p. 7-18.

ENGLERT, R. M. Locally Based Research for the School Library Media Specialist. *School Library Media Quarterly*, v. 10, n. 3, p. 246-253, 1982.

FARMER, L. S. J. *How to Conduct Action Research: a Guide for Library Media Specialists*. Chicago: American Association of School Librarians, 2003.

FARMER, L. S. J. *Information Literacy: a Whole School Reform Approach*. Long Beach, 2001. Disponível em: <http://archive.ifla.org/IV/ifla67/papers/019-106e.pdf/>. Acesso em: 7 dez. 2009.

GHAYNE, G. Some Reflections on the Nature of Educational Action Research. *School Libraries Worldwide*, v. 3, n. 2, p. 1-10, 1997.

HARADA, V. H. Personalizing the Information Search Process: a Case Study of Journal Writing with Elementary-Age Students. *School Library Media Research*, Chicago, 2002. Disponível em: <http://www.ala.org/ala/mgrps/divs/aasl/aaslpubsandjournals/slmrb/slmrcontents/volume52002/harada.cfm/>. Acesso em: 24 ago. 2011.

HARADA, V. H.; LUM, D.; SOUZA, K. Building a Learning Community: Students and Adults as Inquirers. *Childhood Education*, v. 79, p. 66-71, 2002/03.

HARADA, V. H.; YOSHINA, J. Improving Information Search Process Instruction and Assessment through Collaborative Action Research. *School Libraries Worldwide*, v. 3, n. 2, p. 41-55, 1997.

HARADA, V. H.; YOSHINA, J. The Missing Link: One Elementary School's Journey with Assessment. *School Library Media Activities Monthly*, v. 14, p. 25-29, 1998.

HIEBERT, J.; GALIMORE, R.; STIGLER, J. W. A Knowledge Base for the Teaching Profession: What Would it Look Like and How Can We Get One? *Educational Researcher*, v. 31, n. 5, p. 3-15, 2002.

HOWARD, J. K.; ECKHARDT, S. A. *Action Research: a Guide for library Media Specialists*. Worthington: Linworth, 2005.

HOWE, E. Integrating Information Technology into and across the Curriculum: a Short Course for Secondary Students. *In*:

LIGHTHALL, L.; HAYCOCK, K. (Ed.). *Information Rich but Knowledge Poor: Emerging Issues for Schools and libraries Worldwide.* Seattle: International Association of School Librarianship, 1997. p. 75-84.

HOWE, E. Make your Library Media Count. *Knowledge Quest,* v. 27, n. 1, p. 28-30, 1998.

JACOBS, H. H. *Getting Results with Curriculum Mapping.* Alexandria: Association for Supervision and Curriculum Development, 2004.

KLOBAS, J. E. The methods of action research. *School Libraries Worldwide,* v. 3, n. 2, p. 11-30, 1997.

KUHLTHAU, C. C. *Seeking Meaning: a Process Approach to Library and Information Services.* 2. ed. Westport: Libraries Unlimited, 2004.

LANCE, C. K. What Research Tells us about the Importance of School Libraries. In: CALLISON, D. (Ed.). *Measuring Students' Achievement and Diversity in Learning: Papers of the Treasure Mountain Research Retreat #10 at The Elms, Excelsior Springs, Missouri, May 31-June 1, 2002.* Salt Lake City: Hi Willow Research & Publishing, 2003.

LEBLANC, P. R.; SHELTON, M. M. Teacher Leadership: the Needs for Teachers. *Action in Teacher Education,* v. 19, p. 32-48, 1997.

LOERKE, K.; OBERG, D. Working Together to Improve Junior High Research Instruction: an Action Research Approach. *School Libraries Worldwide,* v. 3, n. 2, p. 56-57, 1997.

LOERTSCHER, D. V. Current Research. *School Library Media Quarterly,* v. 8, n. 1, p. 51-54, 1979.

LONSDALE, M. Impact of School Libraries on Student Achievement: a Review of the Research. *Report for the Australian School Library Association.* 2003. Disponível em: <http://www.asla.org.au/research/research.pdf/>. Acesso em: 24 ago. 2011.

MCGREGOR, J. Collaboration and Leadership. In: STRIPLING, B. K.; HUGHES-HASSEL, S. (Ed.). *Curriculum Connections through the Library.* Westport: Libraries Unlimited / Greenwood Press, 2004. p. 199-219.

MCKERNAN, J. *Curriculum Action Research: a Handbook of Methods and Resources for the Reflective Practitioner*. London: Kogan Page, 1996.

MCNICOL, S. Practitioner Research Libraries: a Cross-Sectoral Comparison. *Library and Information Research News*, v. 28, n. 88, p. 34-41, 2004.

MCNIFF, J. *Action Research: Principles and Practice*. 2. ed. London: Routledge Falmer, 2002.

MEZIROW, J. Learning to Think Like an Adult: Core Concepts of Transformation Theory. In: MEZIROW, J. (Ed.). *Learning as Transformation*. San Francisco: Jossey-Bass, 2000. p. 3-34.

MITCHELL, I. Why do Teacher Research? Perspectives from four Stakeholders. In: CLARK, A.; ERICKSON, G. (Ed.). *Teacher Inquiry*. London: Routledge/Falmer, 2003. p. 199-208.

NEUMAN, D. Qualitative Research: an Opportunity for School Library Media Researchers. *In*: CALLISON, D. (Ed.). *Measuring Student Achievement and Diversity in Learning: Papers of the Treasure Mountain Research Retreat #10 at The Elms, Excelsior Springs, Missouri, May 31-June 1, 2002*. Salt Lake City: Hi Willow Research & Publishing, 2003. p. 101-116.

NEWMANN, F.; WEHLAGE, G. *Successful School Restructuring: a Report to the Public and Educators by the Center on Organization and Restructuring Schools*. Madison: The Center, 1995.

REHLINGER, L. The Teacher-Librarian and Planned Change. *Emergency Librarian*, v. 15, n. 5, p. 9-12, 1998.

RUDDICK, J. *et al*. Collaborative Inquiry and Information Skills. *Proceedings, British Library*. London: British Library, 1987.

SCHÖN, D. *The Reflective Practitioner: How Professionals Think in Action*. New York: Basic Books, 1983.

SENGE, P. *The Fifth Discipline*. New York: Doubleday, 1990.

STATON, J.; SHUY, R.; PEYTON, J. K.; REED, L. R. *Dialogue Journal Communication: Classroom, Linguistic, Social and Cognitive Views*. Norwood: Ablex, 1988.

STRIPLING, B. K. Rethinking the School Library: a Practitioner's Perspective. *School Library Media Quarterly*, v. 17, n. 3, p. 136-139, 1989.

STRIPLING, B. K. Learning-Centered Libraries: Implications from Research. *School Library Media Quarterly,* v. 23, p. 163-170, 1995.

SYKES, J. A. *Action Research: a Practical Guide for Transforming your School Library.* Greenwood Village: Libraries Unlimited, 2002.

TODD, R. J. Teacher-Librarians and Information Literacy: Getting into the Action. *School Libraries Worldwide,* v. 3, n. 2, p. 31-40, 1997.

WELLS, G. Introduction: Teacher Research and Educational Change. *In*: WELLS, G. (Ed.). *Changing Schools from within: Creating Communities of Inquiry.* Portsmouth: Heinemann, 1993. p. 1-36.

WOOLLS, B. Helping Teachers Sustain the Vision: a Leadership role. *Emergency Librarian,* v. 25, p. 14-18, 1997.

WOOLLS, B.; LOERTSCHER, D. V. Testing the Effect of the School Library Media Center in Block Scheduling Environment. *Knowledge Quest,* v. 28, n. 2, p. 16, 18-19, 21-23, 25, 1999.

YORK-BARR, J.; DUKE, K. What do We Know about Teacher Leadership? Findings from Two Decades of Scholarship. *Review of Educational Research,* v. 74, p. 255-316, 2004.

Anexo - Estágios do processo de pesquisa (*Information Search Process* – Carol Kuhlthau)

Estágio	1º Início do trabalho	2º Seleção do assunto	3º Exploração de informações	4º Definição do foco	5º Coleta de informações	6º Preparação para apresentação do trabalho escrito	7º Avaliação do processo
Tarefa	Preparar para a decisão de selecionar o assunto	Decidir sobre o assunto de pesquisa	Explorar informações com o objetivo de encontrar o foco	Definir o foco, usando as informações encontradas	Reunir informações que definam, ampliem e apoiem o foco	Terminar a busca de informações	Avaliar o processo de pesquisa
Ideias	Enfrentar o trabalho; compreender a tarefa; relacionar experiências e aprendizagens prévias; considerar possíveis assuntos	Avaliar assuntos de acordo com critérios de interesse pessoal, exigências do trabalho, informações disponíveis e prazo estipulado pelo professor; antecipar resultados de possíveis escolhas; escolher assuntos com potencial para êxito	Inabilidade para expressar com precisão a necessidade de informação; informar-se sobre o assunto geral; procurar o foco nas informações sobre o assunto geral; identificar vários possíveis focos	Prever resultado de possíveis focos; usar critérios de interesse pessoal, exigências do trabalho, disponibilidade de materiais e tempo estabelecido; identificar ideias das quais seja possível extrair um foco	Procurar informações para apoiar o foco; definir e ampliar o foco; reunir informações pertinentes; organizar as anotações	Identificar necessidade de informações adicionais; levar em consideração o limite de tempo; observar redundância crescente; esgotar os recursos	Aumentar o autoconhecimento; identificar problemas e êxitos; planejar estratégia de pesquisa para trabalhos futuros

(Continuação)

Estágio	1º Início do trabalho	2º Seleção do assunto	3º Exploração de informações	4º Definição do foco	5º Coleta de informações	6º Preparação para apresentação do trabalho escrito	7º Avaliação do processo
Sentimentos	Apreensão em relação ao trabalho que irá enfrentar; incerteza	Confusão; algumas vezes ansiedade; breve contentamento após a seleção; antecipação da tarefa à frente	Confusão; incerteza; dúvida	Otimismo; confiança na capacidade de completar a tarefa	Percepção da extensão do trabalho a ser feito; confiança na habilidade de realizar a tarefa; aumento de interesse	Sentimento de alívio; às vezes satisfação; às vezes desapontamento	Sentimento de realização ou de desapontamento
Ações	Conversar com outros; dar uma olhada nas fontes de informação; escrever e anotar questões sobre possíveis assuntos	Discutir com outras pessoas; fazer busca preliminar nas fontes de informação; usar enciclopédias para obter visão ampla	Localizar informação relevante; ler listar fatos e ideias interessantes; compilar referências bibliográficas	Ler lista para identificar possíveis focos	Usar a biblioteca para coletar informações pertinentes; solicitar fontes específicas ao bibliotecário; tomar notas detalhadas, incluindo referências e citações bibliográficas	Checar novamente os materiais anteriormente negligenciados; conferir as informações e as referências bibliográficas; elaborar esquema; redigir rascunho; redigir a versão final com bibliografia	Procurar evidência do foco: avaliar o uso do tempo; avaliar o uso das fontes de informação; refletir sobre a ajuda do bibliotecário

(Continuação)

Estágio	1° Início do trabalho	2° Seleção do assunto	3° Exploração de informações	4° Definição do foco	5° Coleta de informações	6° Preparação para apresentação do trabalho escrito	7° Avaliação do processo
Estratégias	Brainstorm; discussões; ponderar sobre possíveis assuntos; tolerar incertezas	Discutir com outras pessoas; fazer busca preliminar nas fontes de informação; usar enciclopédias para obter visão ampla	Tolerar inconsistência e incompatibilidade nas informações encontradas; procurar intencionalmente possíveis focos; listar palavras ou termos que representam o assunto; ler para aprender sobre o assunto	Fazer levantamento nas listas; anotar possíveis focos e descartar outros	Usar termos de busca adequados para encontrar informações pertinentes; fazer busca em vários tipos de materiais, por exemplo: livros de referência, revistas, livros de não ficção, biografias; usar índices; procurar ajuda do bibliotecário	Voltar às fontes de informação para fazer uma última busca	Esboçar linha do tempo: fazer fluxograma; discutir com o professor e com o bibliotecário; redigir síntese

Fonte: Kuhlthau (2010).

CAPÍTULO 6
Aprendendo habilidades informacionais desde a educação infantil

Na realização desta pesquisa, a professora Margot Filipenko[18] partiu do pressuposto de que a dificuldade que muitos alunos do ensino fundamental e médio têm para ler e produzir textos informativos e/ou expositivos deve-se, entre outros fatores, ao fato de que esses alunos foram pouco expostos a tal tipo de texto na fase inicial de sua escolarização. A pesquisadora constatou que na fase de educação infantil os professores costumam enfatizar o trabalho com textos literários e deixam de lado os informativos, que, se devidamente explorados, poderiam ajudar no letramento informacional das crianças. Margot Filipenko considera que, na sociedade da informação, é importante que as crianças desenvolvam habilidades de aprender a aprender, preparando-se para entender, avaliar e usar textos informativos, ou seja, aqueles textos escritos para explicar, descrever, apresentar informação

---

[18] FILIPENKO, M. Constructing Knowledge about and with Informational Texts: Implications for Teacher-Librarians Working with Young Children. *School Libraries Worldwide*, v. 10, n. 1/2, p.21-36, 2004. **Margot Filipenko** é professora no Department of Language and Literacy Education da University of British Columbia, no Canadá. Ela esteve, durante quinze anos, envolvida com educação infantil, e o foco de suas pesquisas tem sido o letramento informacional de crianças em fase de pré-escola.

e persuadir. Assim, segundo a pesquisadora, se os professores na educação infantil não usarem de maneira equilibrada textos literários e informativos, as crianças terão poucas oportunidades de desenvolver experiências importantes para seu letramento informacional, isto é, para aprender a localizar, selecionar e usar informações. Essa foi, portanto, a justificativa para a realização da pesquisa.

Para explicar o conceito de letramento informacional que embasa seu estudo, Margot Filipenko utilizou a definição de outra pesquisadora, Christine Doyle, que considera que a pessoa que tem competência informacional sabe:

- reconhecer uma necessidade de informação;
- formular questões com base nessa necessidade;
- identificar e acessar fontes de informação apropriadas;
- elaborar estratégias de busca adequadas;
- interpretar e resumir informações;
- organizar informações para aplicações práticas;
- integrar novas informações ao seu conhecimento;
- usar informações para pensar criticamente e solucionar problemas.

Margot Filipenko argumenta que, já na fase de educação infantil, é possível começar a preparar as crianças para adquirirem essas habilidades e que o trabalho com textos informativos desde a fase inicial de escolarização pode ajudar nesse processo, diminuindo as dificuldades de aprendizagem que surgem nas fases posteriores. Neste estudo, ela procurou responder às seguintes questões: qual é a natureza das interações orais das crianças quando compartilham informações, quando participam de atividades de leitura em voz alta e se envolvem em ações em que usam textos informativos? O que a linguagem das crianças revela sobre sua compreensão de textos informativos?

O contexto

A pesquisa foi realizada com uma classe de 18 crianças de 4 e 5 anos, em uma escola canadense. Duas professoras eram responsáveis pela classe e uma delas estava especialmente interessada em desenvolver habilidades informacionais nos alunos e, para isso, trabalhava em um projeto sobre dinossauros. O projeto previa as seguintes atividades: criação do *habitat* dos dinossauros, pesquisa sobre a alimentação e tamanho dos dinossauros, produção de livros (tanto de história quanto informativos) sobre o assunto, criação de um diorama[19] sobre o mundo dos dinossauros, dentre outras.

Segundo a pesquisadora, as atividades ocorreram num contexto propício para a prática da aprendizagem pela pesquisa, já que o projeto pedagógico dessa escola baseava-se na perspectiva do brincar e na aprendizagem centrada no aluno, sendo as crianças constantemente estimuladas a explorarem o ambiente através de brincadeiras, seja individualmente ou em colaboração com os colegas.

A metodologia

Margot Filipenko usou uma metodologia qualitativa, sendo o estudo conduzido no ambiente natural da sala de aula e de outros espaços usados pela classe. É a chamada *pesquisa etnográfica*, que teve origem em estudos feitos por antropólogos para estudar grupos

---

[19] Modo de apresentação artística de cenas da vida real para exposição, com finalidade de instrução ou de entretenimento.

culturais. Etimologicamente, o termo "etnografia" significa "descrição cultural". Quem explica isso é Marli Eliza André, a pesquisadora brasileira que tem não só utilizado a metodologia etnográfica em suas pesquisas, mas também tem produzido análises interessantes sobre as possibilidades da aplicação dessa metodologia na Educação. Em seu livro *Etnografia da prática escolar*[20] ela esclarece que a Etnografia é o estudo de determinado fenômeno em seu acontecer natural. Consiste numa abordagem qualitativa de pesquisa que, ao invés de dividir a realidade em unidades passíveis de mensuração, como ocorre nas abordagens quantitativas, aproxima-se da realidade de maneira holística, isto é, levando em conta todos os componentes de uma situação em suas interações e influências recíprocas. Envolve sempre um trabalho de campo, em que o pesquisador aproxima-se de pessoas, situações ou eventos, mantendo com eles um contato direto e prolongado. Na pesquisa etnográfica, o pesquisador descreve situações, pessoas, ambientes, depoimentos, diálogos, que são por ele reconstruídos em forma de palavras ou transcrições literais. O estudo etnográfico leva o pesquisador a formular hipóteses, conceitos, abstrações e teorias e não a testá-los – como ocorre nas abordagens quantitativas –, envolvendo a descoberta de novos conceitos, novas relações, novas formas de entendimento da realidade.

A pesquisa de Margot Filipenko é um *estudo de caso etnográfico*, isto é, ela aplicou a etnografia ao estudo de uma ocorrência bem definida: uma turma de estudantes em determinada situação de aprendizagem. Assim, no ambiente natural em que a turma realizava suas atividades escolares ela observava e registrava cuidadosamente tudo

---

[20] ANDRÉ, M. E. D. A. *Etnografia da prática escolar*. 14. ed. Campinas: Papirus, 2008.

que ocorria. A rotina da classe tinha início com um período de atividade livre, sob a supervisão das professoras, quando as crianças podiam escolher do que e com quem brincar. Havia, em seguida, atividades coletivas de leitura, quando uma das professoras lia para toda a classe, seja para entretenimento ou para levantar fatos sobre, por exemplo, os hábitos alimentares dos dinossauros. Os livros informativos estavam presentes o tempo todo e eram utilizados frequentemente para aprendizagem da leitura, já que as crianças se encontravam em fase de alfabetização. As atividades de alfabetização eram desenvolvidas com base em quatro princípios:

- eram sempre planejadas em função dos interesses das crianças;
- a professora modelava as estratégias de forma a apoiar as habilidades de leitura, por exemplo, mostrando como usar os sumários dos livros, chamando a atenção das crianças para essa característica peculiar da organização dos livros informativos;
- a professora incorporava rotinas que enfatizavam a leitura e a escrita com finalidade definida, por exemplo, usando listas de espera para algumas atividades, onde as crianças tinham que anotar seu interesse em participar e aguardar sua vez, após o que deviam riscar seu nome e avisar o próximo da lista;
- a professora planejava atividades que envolviam leitura e escrita, por exemplo, encorajando as crianças a produzirem livros sobre dinossauros usando os livros informativos como modelos.

Considerando que o objetivo da pesquisadora era capturar o máximo possível a compreensão das crianças sobre os textos informativos, o foco do estudo foi a linguagem dos alunos, revelada em episódios – registrados em filme – que ocorriam antes, durante e depois das seguintes atividades:

- Rodas coletivas de leitura em voz alta, com participação de todo o grupo (oito sessões filmadas).
- Atividades coletivas em que as crianças usavam livros informativos (dez sessões filmadas).
- Rodas de leitura em voz alta, das quais participava um número menor de alunos (seis sessões filmadas).
- Atividades diversas com livros informativos, envolvendo grupos pequenos de alunos (dez sessões filmadas).
- Conversas das crianças sobre os livros que haviam usado (quatro sessões filmadas).

A pesquisadora considerou que cada uma dessas cinco atividades tenha propiciado muitas oportunidades para que todas as crianças demonstrassem o que tinham aprendido com e sobre os livros informativos. Ela percebeu, por exemplo, que as atividades que envolviam menos crianças permitiam que os mais tímidos se expressassem melhor.

Além das sessões filmadas, foram coletados dados por meio de observação e de entrevista com uma das professoras.

Resultados

A partir dos dados obtidos, a pesquisadora categorizou as elocuções, ou falas, das crianças em seis unidades principais de análise:

- Categoria 1 - *Conhecimento do texto*

Esta categoria incluiu as elocuções relativas ao conhecimento das crianças sobre o próprio texto informativo.

Eram elocuções que demonstravam que elas tinham compreendido os padrões peculiares do discurso e do formato deste gênero. Por exemplo, compreenderam que o objetivo de um texto informativo era "dizer coisas que realmente aconteceram", que a informação podia ser encontrada utilizando-se o sumário e o número das páginas dos livros e que era apresentada de diferentes maneiras, como, por exemplo, menus, linha do tempo, cronologias, ilustrações, etc.

- Categoria 2 - *Conhecimento do mundo*

Nesta categoria incluíam-se elocuções que refletiram o conhecimento das crianças sobre o próprio conteúdo ou assunto dos textos informativos. Por exemplo, elas conseguiram aprender os nomes de espécies de dinossauros (*Tyrannosaurus Rex, Stegosaurus, Triceratops*). Aprenderam que os dinossauros estavam extintos e conseguiram dar explicações sobre o porquê de sua extinção.

- Categoria 3 - *Representação do significado*

Esta categoria abrangeu as elocuções que mostravam que as crianças estavam usando estruturas internas e peculiares do texto para representar sua compreensão de alguns aspectos desses textos. Por exemplo, descreveram aspectos do assunto, colocaram fatos e eventos em sequência, compararam fatos e conceitos e comentaram sobre como um evento aconteceu por causa de outros fatores, isto é, perceberam causa e efeito.

- Categoria 4 - *Linguagem reflexiva*

Esta categoria incluiu as elocuções que indicaram que as crianças conseguiam monitorar seu conhecimento e compreensão do texto, por exemplo, identificaram falhas no seu conhecimento, buscaram informação específica, falaram sobre – e brincaram com – a linguagem, fizeram julgamentos estéticos sobre algum aspecto do texto. Essas respostas refletem a consciência metacognitiva das crianças, isto é, que elas conseguiram refletir sobre sua aprendizagem.

- Categoria 5 - *Construção de conexões*

Esta categoria abarcou as elocuções que indicavam as habilidades das crianças para relacionar os textos informativos a algo dentro ou além de si mesmas. Por exemplo, elas fizeram conexões entre experiências pessoais e o conteúdo do texto, convidaram colegas para compartilhar o texto e envolveram-nos através de interações imaginativas com o texto.

- Categoria 6 - *Linguagem relacional*

Nesta categoria incluíram-se as elocuções que não tinham relação direta com o envolvimento das crianças com os textos informativos, abrangendo a conversa regulatória da classe (por exemplo, lembrar as regras da sala de aula), a expressão de desejos e necessidades (por exemplo, usar o toalete), e as relações com os outros. As elocuções orais desta categoria refletiram o diálogo normal do cotidiano da sala de aula.

Tomadas em conjunto, essas seis categorias e suas relações permitiram à pesquisadora descrever conceitualmente a natureza das elocuções das crianças nos momentos em que elas se envolviam com textos informativos. Com base nisso, ela sugeriu uma teoria sobre o letramento informacional de crianças em fase de pré-escola, esclarecendo, entretanto, que esta teoria está fundamentada nos dados de sua pesquisa e, portanto, tem aplicação limitada a situações similares. É a chamada *grounded theory* ou *teoria fundamentada em dados*.

A *teoria fundamentada em dados* é uma teoria indutiva, baseada na análise sistemática de dados, ao contrário dos métodos hipotético-dedutivos, utilizados para testar hipóteses. É considerada uma metodologia mais adequada para o estudo de fenômenos sociais. Os pioneiros desse método, proposto na década de 1960, foram os sociólogos estadunidenses Barney Glaser e Anselm Strauss.[21] O pesquisador que utiliza esse método aproxima-se do assunto a ser investigado não para testar uma hipótese ou teoria, mas para entender determinada situação e como e por que seus participantes agem de determinada maneira, como e por que determinado fenômeno ou situação ocorre desse ou daquele modo. Através de métodos variados de coleta de dados, o pesquisador reúne um volume significativo de informações sobre o fenômeno observado. Comparando-os, codificando-os, extraindo as regularidades, enfim, seguindo métodos específicos de extração de sentidos, o pesquisador faz a teoria emergir dos dados. Constitui, portanto, uma *teoria fundamentada em dados*, isto é, apoiada e sustentada pelos dados.

Utilizando essa metodologia, Margot Filipenko construiu um modelo teórico, a partir dos dados que havia coletado e analisado. Para criá-lo, inspirou-se no modelo que o pesquisador estadunidense Lawrence Sipe desenvolveu em 1996 para explicar o processo de letramento literário de crianças de pré-escola, que foi adaptado pela pesquisadora para estudar especificamente o letramento informacional. No modelo desenvolvido por Margot Filipenko, as relações entre as seis categorias identificadas são apresentadas em três dimensões: *posição, interação* e *crescimento*. A autora explica que cada uma dessas três dimensões representa as ações integradas das crianças quando trabalhavam com os textos informativos.

A dimensão da *posição* refere-se às maneiras como as crianças se situavam com relação ao texto.

---

[21] GLASER, B. G.; STRAUSS, A. L. *The Discovery of Grounded Theory*: Strategies for Qualitative Research. Chicago: Aldine, 1967.

- No primeiro aspecto desta dimensão, as crianças estavam preocupadas *com* o texto propriamente dito, procurando perceber os significados do seu formato e da organização da informação.
- No segundo aspecto, posicionavam-se *dentro* do texto, engajando-se com seu conteúdo.
- No terceiro aspecto, retiravam *do* texto significados para representar sua compreensão.
- No quarto aspecto, refletiam *através* do texto sobre o que mais precisavam aprender.
- No quinto aspecto, conectavam-se *por meio* do texto às suas experiências prévias.
- No sexto, desenvolviam relações sociais *ao redor* do texto.

Na dimensão da *interação*, o modelo representa o que as crianças faziam, ou seja, as ações que realizavam, por sua vez, originadas da *posição* que tomavam com relação ao texto informativo.

- No primeiro aspecto desta dimensão, as crianças discutiam o objetivo e a organização do texto informativo, usavam os recursos do texto para localizar informações, entendiam como as informações eram apresentadas e usavam o discurso peculiar do texto.
- No segundo aspecto, pareciam retirar, de suas experiências anteriores, conhecimentos que as ajudavam a construir significados das novas informações que encontravam no texto.
- No terceiro aspecto, pareciam organizar e representar sua compreensão do conteúdo do texto, usando as estruturas internas do próprio texto.
- No quarto aspecto, usavam abordagem estratégica, ao identificar suas necessidades de aprendizagem, ao

avaliar criticamente algum aspecto do texto, ao conversar sobre a linguagem do texto ou brincar com ela.

- No quinto aspecto, pareciam relacionar suas experiências anteriores ao texto e vice-versa.
- No sexto aspecto, conectavam-se com os outros à medida que participavam das atividades cotidianas da sala de aula.

Finalmente, na dimensão do *crescimento* o modelo de Margot Filipenko mostra o potencial que existe para que as crianças desenvolvam compreensões e significados por meio de cada ação que realizam durante o desenvolvimento do projeto.

- No primeiro aspecto desta dimensão, as crianças apresentam potencial para desenvolver habilidades de identificar e usar a linguagem, o padrão do discurso e as características peculiares ao texto informativo.
- No segundo aspecto, podem desenvolver conhecimento de mundo sobre determinado assunto.
- No terceiro, habilidade de compreender a estrutura interna peculiar do texto informativo.
- No quarto, as crianças podem desenvolver habilidade de autoavaliar e autogerir sua aprendizagem.
- No quinto, de fazer conexões do seu conhecimento prévio com o texto e vice-versa.
- No sexto, as crianças podem desenvolver relações sociais.

Assim, cada aspecto do desenvolvimento da competência informacional das crianças pode ser visto como uma ação recíproca entre posição e interação e com potencial para crescimento. O quadro a seguir sintetiza as três dimensões e os seis aspectos de cada uma.

Quadro 1
Os seis aspectos do letramento informacional de crianças em fase de pré-escola

Posição	Interação	Crescimento
Posição com relação ao texto informativo	Interação com o texto informativo	Potencial para desenvolvimento da compreensão do texto informativo
1. *Com* o texto informativo	As crianças reconhecem as características do texto	Desenvolvem habilidades para utilizar as características do texto
Lidando com o formato e a organização do texto informativo, as crianças identificam, usam e fazem comentários sobre a estrutura externa e sobre o padrão do discurso do texto informativo.		
2. *Dentro* do texto informativo	As crianças ativam esquemas mentais	Desenvolvem conhecimento do mundo
Expressando conhecimento e compreensão do assunto do texto, as crianças ativam esquemas mentais para construir significado de novas informações.		
3. *A partir* do texto informativo	As crianças representam sua compreensão	Desenvolvem conhecimento sobre a estrutura interna do texto
Organizando e representando compreensões do texto informativo, as crianças representam suas ideias usando a estrutura externa percebida no texto informativo.		
4. *Através* do texto informativo	As crianças se autoavaliam e autogerenciam sua aprendizagem	Desenvolvem-se como aprendizes intencionais
Expressando conhecimento e controle sobre a aprendizagem, as crianças identificam processos cognitivos e monitoram ativamente sua aprendizagem.		
5. *Por meio* do texto informativo	As crianças conectam suas experiências pessoais	Desenvolvem-se como construtores de significados
Fazendo conexões de suas experiências com o conteúdo dos textos, as crianças relacionam esse conteúdo com algo dentro ou além de si mesmas.		
6. *Ao redor* do texto informativo	As crianças participam da comunidade de aprendizagem	Desenvolvem relações sociais
Envolvendo-se com os outros durante o desenvolvimento do projeto, as crianças se relacionam com as pessoas e expressam seus desejos e necessidades.		

No quadro acima, a pesquisadora tenta mostrar a relação entre as três dimensões (posição, interação e crescimento), mas adverte que essa é uma representação estática, onde cada aspecto é apresentado isoladamente. Ela enfatiza que os seis aspectos devem ser vistos como facetas de um momento de letramento informacional e explica que, durante o envolvimento da criança com um texto informativo, esses seis aspectos se juntam dinamicamente e se mesclam em um evento cognitivo, isto é, um evento de letramento informacional, quando as crianças trabalham para construir compreensão e significados. Esse evento é, segundo a autora, um momento de transformação. Ela relembra que já se sabe que a aprendizagem se dá quando o estudante revisita as mesmas áreas de conhecimento muitas vezes e, a cada vez, atinge um nível maior de compreensão. Essa ideia de recursão levou ao conceito de *currículo em espiral*, que está presente no trabalho de Jerome Bruner, psicólogo estadunidense, professor na Universidade de Nova York (EUA), que tem tido influência marcante na educação. O currículo em espiral pressupõe que o professor trabalhe repetidamente os mesmos conteúdos, cada vez com maior profundidade, para permitir que o aluno modifique continuamente as representações mentais que esteja construindo.

A mediação

A pesquisadora chamou atenção para as intervenções feitas pela professora durante o projeto e mostrou como a mediação é importante no desenvolvimento do letramento informacional, ou seja, é preciso acompanhar o estudante continuamente, apoiando e estimulando sua aprendizagem. Observou que, basicamente, a professora se preocupou em:

- identificar e trabalhar com materiais adequados ao nível de desenvolvimento das crianças;
- planejar atividades destinadas a apoiar a compreensão das crianças sobre o assunto;
- facilitar a compreensão de como as informações são organizadas em um texto informativo.

A professora preocupou-se também em responder sempre ao interesse e à curiosidade das crianças. O assunto (dinossauros) foi escolhido em função disso e, a partir daí, foi possível levar os estudantes a experimentar atos significativos de questionamento. Citando Judith Lindfors,[22] Margot Filipenko explica que um ato de questionamento é um ato de linguagem, em que o mediador tenta ajudar o aluno a avançar além do que já conhece sobre o assunto. Judith Lindfors considera que há dois tipos de atos de questionamento: aqueles que exigem busca de informação e aqueles que são imaginativos. Os primeiros são atos deliberados, que exigem determinado esforço e são dirigidos para um objetivo definido. Os segundos, ao contrário, são especulativos e fantasiosos. Nessa pesquisa, Margot Filipenko observou que, ao explorar o mundo dos dinossauros, as ações de questionamento da professora e das crianças eram dos dois tipos. A professora realizava intervenções que iam além de identificar os objetivos do texto informativo e como usá-lo; ela se preocupava em ensinar como ser um membro ativo de uma comunidade que aprende pelo questionamento, demonstrando que:

---

[22] Judith Lindfors é professora na Universidade do Texas, em Austin (EUA). Ela desenvolveu uma estrutura conceitual para ajudar a compreender a linguagem questionadora da criança – não como forma linguística (questões), mas como ações de comunicação, nas quais a criança envolve outras pessoas no ato de obter significado. Observando atentamente esses "atos questionadores" Lindfors apresenta possibilidades para melhor se compreender como a criança aprende e como os mediadores podem estimular a aprendizagem.

- O questionamento surge no conhecimento, isto é, na percepção de que o conhecimento que se possui oferece possibilidades de ir além. A seguinte elocução da professora ilustra isso: "Nós vimos o que sabemos sobre dinossauros; o que mais queremos saber?"
- O questionamento origina-se de diversas perspectivas da experiência, ou seja, há mais de uma maneira de interpretar um texto. Por exemplo, a professora dizia: "O (fulano) pensa que este dinossauro está caçando; o que você acha?"
- O questionamento envolve conhecimento em ação, isto é, fazer conexões entre conceitos, usando o conhecimento para fornecer apoio, generalizar ou clarear ideias. A seguinte elocução da professora exemplifica este ponto: "Mas se eles estão extintos não podemos mais ver dinossauros".
- O questionamento envolve não só pensamento, mas algumas vezes sentimento. Por exemplo, como nessa fala da professora: "Dinossauros carnívoros dão medo".
- O questionamento se posiciona na interseção do conhecimento e da ignorância, isto é, o momento preciso em que percebemos o que não sabemos e sentimos que há algo mais para saber. A professora dizia: "Vamos ver se podemos encontrar outras coisas sobre as quais não temos certeza".
- O questionamento é incerto e, por isso mesmo, motivador; isto é, desperta curiosidade sobre o que o texto apresenta e sobre questões relacionadas. Por exemplo, a professora levantava questões como: "Por que será que os dinossauros viviam em bandos?"

A pesquisadora observou que a professora, ao ouvir atentamente e ao acompanhar as ideias levantadas pelas crianças, permitia-lhes construir sua compreensão dos textos informativos, levando-os a refletir, explorar e entender as informações encontradas. Observou, além disso, que a professora conhecia bem os textos com os quais poderia trabalhar e escolhia livros apropriados ao nível de desenvolvimento das crianças. Levando em consideração que o texto informativo é apresentado por meio de vários tipos de estruturas e que era importante que as crianças se familiarizassem com elas, a professora teve o cuidado de selecionar livros que tivessem diferentes estruturas. Escolheu, por exemplo, alguns em que as informações eram apresentadas em ordem alfabética; usou também textos enumerativos, nos quais as informações eram apresentadas em tópicos e subtópicos, possibilitando que as crianças tivessem contato com a estrutura hierárquica do assunto, comum em livros que iriam usar frequentemente no futuro. Usou também textos ficcionais, aproveitando para levar as crianças a entender a diferença entre fato e ficção.

Conclusões

Segundo a pesquisadora, o estudo forneceu evidências de que crianças de quatro a cinco anos demonstram compreensão de textos informativos. Além disso, revelou que essas crianças podem começar a desenvolver seu letramento informacional antes mesmo de saberem ler de forma convencional; que podem entender as características do texto informativo numa perspectiva visual, percebendo elementos – tais como sumários e índices – e utilizando-os para construir significados. Ficou claro para a pesquisadora que a percepção das crianças sobre o formato e o conteúdo do texto acontece paralelamente.

A pesquisa mostrou que as crianças estavam se esforçando para desenvolver seu letramento informacional das seguintes maneiras:

- reconhecendo uma necessidade de informação e formulando questões baseadas nela: as elocuções *reflexivas* das crianças indicaram que elas estavam monitorando seu conhecimento e sua compreensão do assunto, identificando falhas e procurando informações específicas para saná-las, para ampliar o conhecimento;

- identificando ou acessando fontes potenciais de informação e desenvolvendo estratégias de busca adequadas: as elocuções das crianças sobre seu *conhecimento dos textos informativos* mostraram que elas entendiam que esse tipo de texto poderia fornecer-lhes informações específicas, que as informações podiam ser localizadas por meio do sumário e do número das páginas e que as informações apareciam numa variedade de maneiras;

- resumindo e analisando informações importantes de fontes pertinentes e organizando informações para uso prático: as elocuções *reflexivas* das crianças indicaram que elas estavam fazendo elaborações sobre o tópico focalizado, organizando fatos e eventos sequencialmente, fazendo comparações entre fatos e conceitos e comentando como os eventos se inter-relacionam (causa e efeito);

- integrando novas informações num corpo já existente de conhecimento: as elocuções das crianças relativas à *construção de conexões* refletiram sua habilidade para conectar novas informações a experiências anteriores e para construir novas compreensões;

- aplicando informações para pensar criticamente e solucionar problemas: as elocuções das crianças sobre *conhecimento do mundo* refletiram sua crescente habilidade para entender conceitos complexos, por exemplo, as causas da extinção de certos animais e o papel do homem na sua proteção ou na sua extinção.

Enfim, segundo a pesquisadora, o estudo mostrou que as crianças podem gostar de trabalhar com textos informativos, não havendo, portanto, razão para excluir esse tipo de texto na fase de educação infantil. Ela considera que professores e bibliotecários têm responsabilidade de assegurar que a aprendizagem de habilidades informacionais seja integrada ao currículo escolar, devendo essas habilidades serem trabalhadas em todas as matérias, começando nas fases iniciais da formação escolar. Os resultados do estudo, segundo a pesquisadora, demonstram que existem estratégias didáticas adequadas para ajudar crianças pequenas a compreender textos informativos e a desenvolver desde cedo o letramento informacional.

Referências do artigo original

ALVERMAN, D. E.; BOOTHBY, P. R. Text Differences: Children's Perceptions at the Transition Stage in Reading. *Reading Teacher*, v. 36, p. 298-301, 1982.

AMERICAN LIBRARY ASSOCIATION. Presidential Committee on Information Literacy. *Final Report*. Chicago, 1989.

APPLEBEE, A. N. et al. *NAEP 1992 Writing Report Card*. Washington, DC: US Government Printing Office, 1994. (Report n. 23-W01).

ASSELIN, M.; DREHER, M. J. New Literacies for the New Information Age: Conceptions, Instructions and Teacher Preparation. *NRC Yearbook of 2003 Annual Conference*. Chicago: National Reading Conference.

BAMFORD, R. A.; KRISTO, J. V. *Checking out Nonfiction K-8: Good Choices for Best Learning*. Norwood: Christopher-Gordon, 1993.

BARNES, D. Supporting Exploratory Talk for Learning. *In*: PIERCE, K. M.; GILLES, C. J. (Ed.). *Cycles of Meaning: Exploring the Potential of Talk in Learning Communities*. Portsmouth: Heinemann, 1993. p. 17-34.

BOGDAN, R. C.; BIKLEN, S. K. *Qualitative Research in Education: an Introduction to Theory and Methods*. Needham Heights, MA: Allyn & Bacon, 1998.

BRUNER, J. S. *The Process of Education*. Cambridge, MA: Harvard University Press, 1966.

CASWELL, L. J.; DUKE, N. K. Non-Narrative as a Catalyst for Literacy Development. *Language Arts*, v. 75, p. 108-117, 1998.

DANIELS, H. A. Young Readers and Writers Reach Out: Developing a Sense of Audience. *In*: SHANAHAN, T. (Ed.). *Reading and Writing Together: New Perspectives for the Classroom*. Norwood: Christopher-Gordon, 1990. p. 99-124.

DOIRON, R. (Ed.). *Role of the Teacher-Librarian: a Handbook for Administrators*. 1999.

DOYLE, C. *Information Literacy in an Information Society: a Concept for the Information Age*. Syracuse, NY: Center for Science and Technology, 1994.

DREHER, M. J.; SAMMONS, R. B. First Graders' Search for Information in a Textbook. *Journal of Reading Behavior*, v. 26, p. 301-314, 1994.

DUKE, N. K. 3.6 Minutes per Day: the Scarcity of Informational Texts in First Grade. *Reading Research Quarterly*, v. 35, p. 202-224, 2000.

LANGFORD, L. Information Literacy: a Clarification. *School Libraries Worldwide*, v. 4, n. 1, p. 59-72, 1998.

LINDFORS, J. W. *Children's Inquiry: Using Language to Make Sense of the World*. New York: Teachers College Press, 1999.

MOSS, B. Using Children's Nonfiction Tradebooks as Read-Alouds. *Language Arts*, v. 72, p. 122-126, 1995.

PAPPAS, C. C. Fostering Full Access to Literacy by Including Information Books. *Language Arts*, v. 68, p. 449-462, 1991.

PAPPAS, C. C. Is Narrative "Primary"? SOME INSIGHTS from Kindergartens' Pretend Readings of Stories and Information Books. *Journal of Reading Behavior*, v. 25, n. 1, p. 97-127, 1993.

PAPPAS, C. C. Reading Instruction in an integrated Language Perspective: Collaborative Interaction in Classroom Curriculum Genres. *In*: STAHL, S. A.; HAYES, D. A. (Ed.). *Instructional models in reading*. Mahwah, NJ: Erlbaum, 1997.

RYAN, J.; CAPRA, S. *Information Literacy Toolkit: Grades Kindergarten-6*. Chicago: American Library Association, 2001.

SANACORE, J. Expository and narrative Text: Balancing Young Children's Reading Experiences. *Childhood Education*, v. 67, n. 4, p. 211-214, 1991.

SIPE, Lawrence R. *The Construction of Literary Understanding by First and Second Graders in Response to Picture Storybook Readalouds*. 1996. Tese (Doutorado). Ohio State University.

SPITZER, K. L.; EISENBERG, M. B.; LOWE, C. A. *Information Literacy: Essential Skills for the Information Age*. Syracuse: Information Resources Publications, 1998.

SPRADLEY, J. *Participant Observation*. New York: Holt, Rinehart and Winston, 1980.

STRAUSS, A.; CORBIN, J. *Basics of Qualitative Research: Techniques and Procedures for Developing Grounded Theory*. Thousand Oaks, CA: Sage, 1998.

Conclusão
Tendências da pesquisa sobre biblioteca escolar

Os estudos aqui apresentados constituem uma pequena amostra das preocupações que hoje mobilizam os pesquisadores da área de biblioteca escolar. No seu conjunto, revelam tendências e apontam perspectivas.

O estudo de Ohio é um exemplo do esforço que vem sendo empreendido pela classe bibliotecária, que deseja mostrar o valor da biblioteca escolar. Isso não é novidade. A diferença está nos argumentos utilizados. Antes, os bibliotecários procuravam convencer educadores e formuladores de política de que a biblioteca na escola era importante usando um discurso que idealizava a biblioteca e que era pouco convincente. Atualmente, buscam o apoio de estudos científicos que forneçam evidências concretas de que a biblioteca tem influência na aprendizagem. Isto é muito importante para marcar o espaço da biblioteca escolar que, historicamente, não tem sido reconhecida na prática como um recurso de aprendizagem. Outro benefício que esse tipo de estudo proporciona é fornecer subsídios para administradores de bibliotecas no estabelecimento de prioridades e no direcionamento de recursos, ao revelar fatores relacionados à biblioteca que têm mais impacto na aprendizagem. Além disso, estudos como o de Ohio, expõem facetas da biblioteca que podem não ser percebidas no dia a dia, abrindo possibilidades para a criação de novos espaços, serviços e atividades que atendam as necessidades dos usuários.

O estudo de Louise Limberg e de Mikael Alexandersson, por outro lado, exemplifica duas tendências atuais da pesquisa sobre biblioteca escolar. Em primeiro lugar, indica preocupação em usar referenciais teóricos consistentes e, em segundo, mostra a busca de sustentação conceitual em outras áreas, revelando a interdisciplinaridade que tem caracterizado a pesquisa em ciência da informação em geral. Aliás, esses aspectos estão presentes em todos os relatos aqui descritos. No caso específico do estudo de Louise Limberg e Mikael Alexandersson, a análise foi feita na perspectiva sociocultural da aprendizagem, com base no trabalho de Roger Säljö. Pesquisador da faculdade de Educação da *University of Gothengurg*, Roger Säljö tem como foco de sua pesquisa a questão de como as pessoas aprendem a usar ferramentas culturais e como adquirem competências e habilidades para aprender em uma sociedade tecnologicamente complexa. Ele tem buscado entender como as chamadas novas tecnologias transformam as práticas de aprendizagem dentro e fora da escola. Além disso, Louise Limberg e Mikael Alexandersson utilizaram como referencial para sua pesquisa o trabalho de Ann Skantze, da Universidade de Estocolmo, Suécia, que estuda questões arquitetônicas e de espaço físico relacionadas com o ambiente escolar. Dessa forma, integraram conhecimentos de outras áreas na análise de seus dados, o que resultou em maior profundidade e consistência das interpretações.

Estudos sobre diretores de escolas, como o de Gary Hartzell, e sobre colaboração bibliotecário-professor, como o de Kirsty Williamson e colaboradores, indicam outra tendência da pesquisa na área de biblioteca escolar: o aprofundamento de aspectos da cultura escolar que já mostraram ser de considerável importância na gestão efetiva da biblioteca escolar, principalmente no que diz respeito à ação educativa do bibliotecário e à sua influência na aprendizagem. Esses trabalhos reforçam a ideia de que a biblioteca não é algo separado da escola, que ela é influenciada por fatores que precisam ser entendidos e levados em consideração. Assim, quanto mais conhecem esses fatores, mais condições os bibliotecários terão de aprimorar suas práticas.

Os trabalhos de Violet Harada e de Margot Filipenko representam outra tendência da pesquisa em biblioteca escolar: a exploração de aspectos ligados à aprendizagem. Percebe-se que os pesquisadores da Biblioteconomia cada vez mais entendem a importância da função educativa do bibliotecário e querem compreender como crianças e jovens podem aprender na biblioteca e utilizando informações. Aproximando-se de questões pedagógicas e cognitivas, Violet Harada e Margot Filipenko mostram que há um conhecimento específico sobre a aprendizagem por meio da informação e que esse conhecimento pode delinear com mais precisão a função pedagógica do bibliotecário.

No conjunto, os trabalhos mostram que a função educativa do bibliotecário está, cada vez mais, sustentada pelo conhecimento científico. A Biblioteconomia, uma disciplina que originalmente foi amparada nos conhecimentos práticos, hoje conta com fundamentos teóricos que a colocam em posição de contribuir cientificamente para a aprendizagem. Atualmente, os bibliotecários podem se preparar para atuar ao lado dos professores e da equipe pedagógica, contribuindo com sua competência específica para ajudar os alunos a aprender com a biblioteca e com as informações.

Acompanhando a evolução dessas pesquisas, os administradores de bibliotecas escolares poderão obter subsídios valiosos para a tomada de decisões.

No Brasil, pesquisas sobre biblioteca escolar são escassas. No que diz respeito a trabalhos acadêmicos, especificamente teses e dissertações, verificou-se que, até 2005, haviam sido divulgadas apenas 35, defendidas em um período de 28 anos, de 1975 a 2002 (CAMPELO *et al.*, 2007). Levantamento feito na base de dados Literatura Brasileira em Biblioteca Escolar (LIBES), em julho de 2010, incluindo não só teses e dissertações, mas também artigos publicados em revistas e em anais de congressos, mostrou a existência de 68 trabalhos de pesquisa, cobrindo textos desde a década de 1970.

Uma análise preliminar desses 68 trabalhos permitiu sua categorização por assunto, a qual revelou os seguintes temas:

- diagnósticos sobre a situação de bibliotecas
  15 trabalhos
- pesquisa escolar
  13 trabalhos
- fontes de informação
  08 trabalhos
- leitura
  11 trabalhos
- bibliotecário/professor
  10 trabalhos
- usuários/uso de informação
  11 trabalhos

Percebe-se que há, prioritariamente, preocupação dos pesquisadores em realizar diagnósticos que lhes permitam conhecer as condições reais de funcionamento das bibliotecas escolares. Essa preocupação é compreensível, na medida em que já há conhecimento da precariedade dessas bibliotecas e os diagnósticos, ao revelarem com mais objetividade os problemas, podem contribuir, segundo seus autores, para reverter o quadro.

As outras categorias indicam que os pesquisadores brasileiros reconhecem a função educativa do bibliotecário, sua contribuição para a leitura e para a aprendizagem, e inquietam-se com a questão do papel da biblioteca na escola. Uma análise detalhada desses trabalhos – que não pode ser feita no âmbito desta conclusão – é necessária para mostrar com mais precisão tendências da pesquisa no Brasil. De qualquer forma, é preciso tomar conhecimento do que ocorre no cenário internacional para que pesquisadores e praticantes se mantenham atualizados e atentos sobre as tendências, direcionando seu foco para questões essenciais e avançando com base em conhecimentos disponíveis. Pode-se arriscar a dizer que os diagnósticos, que revelam as conhecidas precariedades das bibliotecas brasileiras, já poderiam dar lugar a estudos que mostrassem aspectos positivos da biblioteca, aqueles que realmente impactam os resultados escolares. Essa mudança de foco pode ser salutar ao expor com mais objetividade o valor da biblioteca na escola, com base nos benefícios que ela proporciona.

Para os bibliotecários, essas pesquisas podem embasar práticas mais consistentes, reforçando seu papel educativo e abrindo oportunidades para que contribuam efetivamente com a melhoria da educação no país.

Referência

CAMPELLO, B. S. *et al*. Literatura em biblioteca escolar: características de citações de teses e dissertações brasileiras. *Transinformação*, Campinas, v. 19, n. 3, p. 227-236, 2007. Disponível em: <http://revistas.puc-campinas.edu.br/transinfo/search.php?op=search&query=campello&limit=author/>. Acesso em: 25 ago. 2011.

Este livro foi composto com tipografia Palatino e impresso
em papel Off Set 75 g na Gráfica Edelbra.